Thomas Brezina

DAS GEHEIMBUCH FÜR DETEKTIVE

Mit Illustrationen von Jan Birck
und Alexander Jung

Ravensburger Buchverlag

DIE KNICKERBOCKER BANDE

STECKBRIEFE

HALLO,
ALSO HIER MAL IN KÜRZE
DAS WICHTIGSTE ÜBER UNS:

POPPI

NAME: Paula Monowitsch
COOL: Tierschutz
UNCOOL: Tierquäler, Angeber
LIEBLINGSESSEN:
Pizza (ohne Fleisch,
bin Vegetarierin!!!)
BESONDERE KENNZEICHEN:
bin eine echte Tierflüsterin –
bei mir werden sogar Pitbulls
zu braven Lämmchen

DOMINIK

NAME:
Dominik Kascha
COOL: Lesen, Schauspielern
(hab schon in einigen Filmen und
Theaterstücken mitgespielt)
UNCOOL: Erwachsene, die einen bevormunden
wollen, Besserwisserei (außer natürlich, sie kommt
von mir, hähä!)
LIEBLINGSESSEN: Spaghetti
(mit tonnenweise Parmesan!)
BESONDERE KENNZEICHEN:
muss immer das letzte Wort haben und kann so
kompliziert reden, dass Axel in seine Kappe beißt!

AXEL

NAME: Axel Klingmeier
COOL: Sport, Sport, Sport (Fußball und vor allem Sprint, bin Schulmeister, habe sogar schon drei Pokale gewonnen)
UNCOOL: Langweiler, Wichtigtuer
LIEBLINGSESSEN: Sushi … war bloß'n Witz (würg), also im Ernst: außer Sushi alles! (grins)
BESONDERE KENNZEICHEN: nicht besonders groß, dafür umso gefährlicher (grrrrrr!)

LILO

NAME: Lieselotte Schroll (nennt mich wer Lolli, werde ich wild)
COOL: Ski fahren, Krimis
UNCOOL: Weicheier, Heulsusen
LIEBLINGSESSEN: alles, was scharf ist, thailändisch besonders
BESONDERE KENNZEICHEN: blond, aber unheimlich schlau (erzähl einen Blondinenwitz und du bist tot …)

Bibliografische Information Der Deutschen Nationalbibliothek

Die Deutsche Nationalbibliothek verzeichnet diese Publikation
in der Deutschen Nationalbibliografie;
detaillierte bibliografische Daten sind im Internet
über *http://dnb.d-nb.de* abrufbar.

1 2 3 4 5 12 11 10 09 08

Die Ratekrimis erschienen im Ravensburger Buchverlag bereits
© 1999 in den folgenden Taschenbüchern:
Gift für den Killerwal, RTB 56111
Die Gänsehaut-Orgel, RTB 56113
Unternehmen Wüstenwurm, RTB 56116
Es tanzen die Vampire, RTB 56117

Umschlagillustration: Jan Birck
Innenillustrationen: Jan Birck und Alexander Jung
Printed in Germany
ISBN 978-3-473-47139-3

www.ravensburger.de
www.thomasbrezina.com
www.knickerbocker-bande.com

INHALT

Hallo, Detektiv und Knickerbocker-Freund

Hier ist es: unser Geheimbuch. Wir haben darin viele unserer coolsten Tipps und Tricks aufgeschrieben, die wir im Laufe unserer Fälle gesammelt haben.

→ Tolle Tipps für deine Detektivausrüstung
→ Detektivtipps für das richtige Verhalten am Tatort und bei den Ermittlungen
→ Knickerbockertricks, die wir für unsere Fälle erfunden haben
→ Viele Verblüffende Tricks, um andere Menschen abzulenken
→ Wirklich geheime Geheimzeichen, Geheimschriften, Geheimsprachen und Geheimbotschaften
→ Tipps, wie du Spuren lesen kannst
→ Tricks der Gauner und wie du sie durchschaust
→ Tipps für Abenteuer im Freien
→ Super Ideen für dein Detektiv- und Knickerbocker-Training

Zum Schluss erwarten dich spannende Ratekrimis.

Viel Spaß beim Schmökern im Geheimbuch. Du wirst tolle Dinge darin entdecken. Probiere sie aus. Nur Tricks, die du wirklich beherrschst, können dir später nützlich sein!

Bleib auf der Spur!

Axel Lilo

Dominik

Poppi

DETEKTIV-AUSRÜSTUNG

Der Knickerbocker-Block

Dieser Block ist gut geeignet für Notizen über Beobachtungen. Du kannst damit auch Geheimbotschaften schreiben und Fundstücke oder Spuren abmessen.

Du brauchst:

➔ einen normalen Schreibblock. Am besten eignet sich ein Block mit Spiralbindung. Der Deckel sollte aus festerem Karton sein.

So wird's gemacht:

➔ Zeichne mithilfe eines Lineals auf einer langen Kante die Zentimeter ein. Fertig ist dein Maßstab.

➔ Auf der Innenseite des Deckels kannst du die Geheimzeichen deiner Knickerbocker-Bande notieren. So ist es einfach, eine schnelle Geheimbotschaft zu schreiben.

So funktioniert's:

Es ist sehr wichtig, dass du dir die Größe eines Fundstücks notierst. Mithilfe des Lineals an der Kante des Blocks kannst du es sofort vermessen.

Wenn du den Block aufklappst, siehst du die Geheimzeichen und kannst gleich eine Botschaft schreiben. Umgekehrt geht's genauso. Lege die Nachricht, die du bekommen hast, in den Block und entschlüssle die Zeichen.

Detektiv-Training

Nimm den Block und lauf los. Such dir einen „Tatort“ (zum Beispiel eine Waldlichtung, einen Parkplatz oder ein bestimmtes Haus) und mach dir möglichst viele Notizen über alles, was dir auffällt.

Geheimnotizen

Du wirst geschnappt und nach geheimen Aufzeichnungen durchsucht. Aber die Gauner finden bei dir nur ein altes Mathematik-Hausaufgabenheft. Sonst nichts! Du hast sie ausgetrickst!

In Wirklichkeit stehen in dem Heft aber zahlreiche streng geheime Notizen.

Du brauchst:

→ ein altes Hausaufgabenheft

→ eine Füllfeder mit Geheimtinte

So wird's gemacht:

Der Trick ist sehr einfach, aber auch sehr gut. Du schreibst deine Geheimbotschaften mit der Geheimtinte (siehe Seite 117) zwischen die Zeilen der Hausaufgaben. Auf diese Weise sind die Botschaften besonders sicher versteckt. Willst du sie lesen, dann erwärme das Heft über einem Heizkörper oder mit einem Bügeleisen. Mit dem Bügeleisen (niedrigste Einstellung!) solltest du vorsichtig umgehen, aber das ist ja sowieso klar!

Essbare Botschaften

Du bekommst eine geheime Botschaft, die nur für dich bestimmt ist. Nachdem du sie gelesen hast, isst du sie einfach auf.

So wird's gemacht:

Besorge dir sogenannte Oblaten. Sie werden zum Backen verwendet und sehen wie dickeres Papier aus.

---

* *Präge dir die Infos, die neben diesen Icons stehen, besonders gut ein. Denn dazu gibt's ein großes Gewinnspiel im Internet. Näheres erfährst du auf den Seiten 254 und 255.*

So geht's:
Mit Stiften aus Lebensmittelfarbe oder mit essbarer Tinte (nur diese sind ungiftig!) kannst du deine Botschaft auf die Oblate schreiben. Frag in Schreibwarenläden nach diesen Stiften.

Der Knickerbocker-Detektivkoffer

In diesem Koffer steckt alles, was du für deine Spurensuche brauchst.

Das darf in keinem Knickerbocker-Koffer fehlen:
➔ ein Notizblock
➔ ein Kugelschreiber und ein Bleistift
➔ Fingerabdruck-Pulver (leicht selbst herzustellen, siehe Seite 136)
➔ eine Lupe für Untersuchungen aller Art

➔ eine Pinzette, um damit kleine Beweisgegenstände aufzunehmen (zum Beispiel Haare)
➔ eine starke Taschenlampe

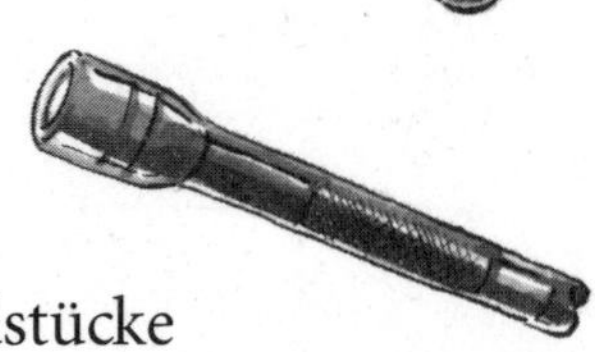

➔ größere und kleinere Briefumschläge für verdächtige Fundstücke
➔ ein Metermaß
➔ Pauspapier, auf das du zum Beispiel Fußspuren oder Reifenabdrücke in der Originalgröße abzeichnest

→ ein Fotoapparat, außer du hast ein Handy mit dieser Funktion
→ ein kleines Taschenmesser oder eine kleine Schere
→ bunte Kreide zum Markieren von Spuren und Geheimzeichen
→ ein Handy, eine Telefonkarte oder eine Münze zum Telefonieren
→ eine Trillerpfeife für Notfälle und zum Verständigen über große Distanzen
→ Gummihandschuhe, damit du am Tatort keine Spuren zerstörst oder deine Fingerabdrücke versehentlich hinterlässt

So wird's gemacht:

Nimm einen alten Schminkkoffer und überklebe ihn. Gut geeignet sind aber auch eine Kiste oder eine kleine Tasche. Aus Karton oder mit kleinen Schachteln solltest du für eine Einteilung in dem Koffer sorgen. Ordnung ist wichtig, damit du alles immer schnell findest!

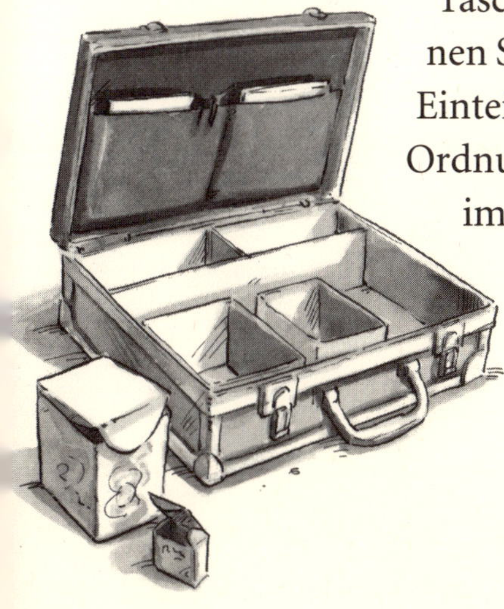

Knickerbocker-Tipp

Je kleiner der Koffer ist, desto besser kannst du ihn mitnehmen!

Der Mini-Detektivkoffer

Er ist nur so groß wie eine Streichholzschachtel, passt in jede Hosentasche, sieht völlig unverdächtig aus und es stecken viele nützliche Detektivtricks drin. Du kannst Geheimbotschaften schreiben, Fingerabdrücke nehmen, Notizen machen, Geheimzeichen hinterlassen und noch vieles mehr!

Für einen Fremden sieht der Mini-Koffer wie eine normale Streichholzschachtel aus.

Nur Mitglieder der Bande wissen, dass sie an einem Faden ziehen müssen, damit sich die Abdeckung hebt. Darunter ist deine Ausrüstung.

Du brauchst für den Bau des Koffers:

➔ eine leere Streichholzschachtel
➔ dünnen Karton
➔ eine Schere, Klebstoff
➔ einen Faden

Du brauchst für den Inhalt des Koffers:

➔ einen Bleistift
➔ ein Stückchen Wachs von einer Kerze
➔ Klebestreifen
➔ Papier
➔ einen dünnen Faden
➔ Puder (oder Bleistiftstaub)

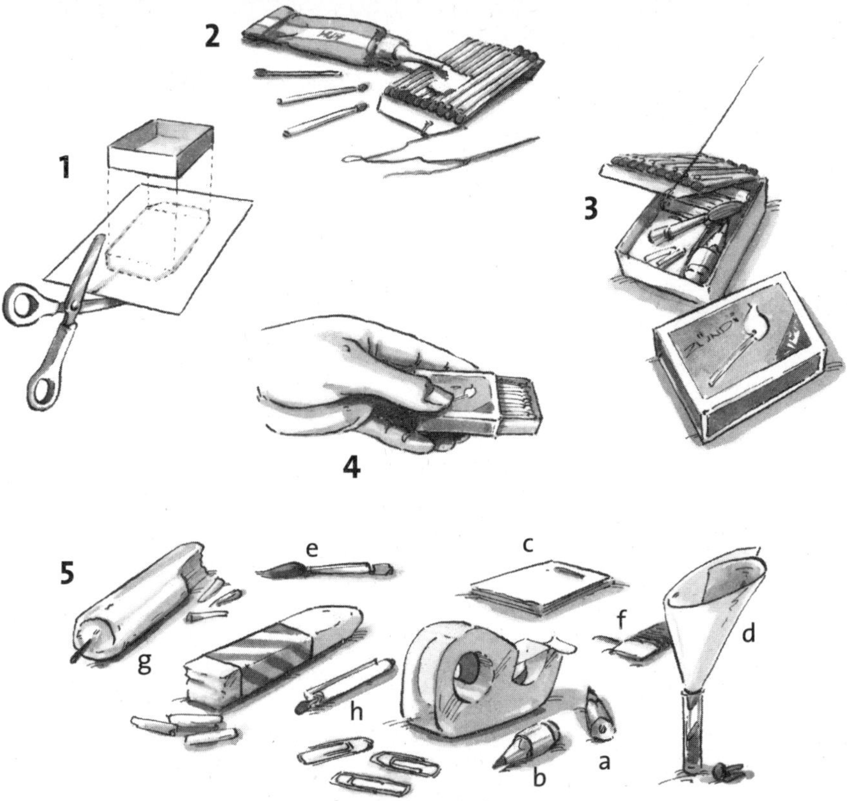

➔ ein Stück Karton
➔ ein kleines Stück Kreide
➔ einen kleinen Behälter (zum Beispiel ein Röhrchen von einer Parfümprobe)
➔ einen kleinen Pinsel
➔ Seidenpapier
➔ Streichhölzer
➔ eine Münze
➔ Büroklammern

So wird's gemacht:

Die Schachtel

➔ Schneide den Karton wie in der Zeichnung (siehe 1) zu. Dieser Karton dient dann als Abdeckung in der Schachtel.

➔ Auf die Abdeckung klebst du die Streichhölzer. Kleb am Kartonrand einen Faden an. Damit kannst du die Abdeckung leicht hochziehen (siehe 2).

➔ Klebe die Abdeckung mit den Streichhölzern in die Schachtel (siehe 3). Achtung: Die Schachtel muss sich schließen lassen! Du darfst die Abdeckung in der Schachtel deshalb nicht zu weit oben anbringen.

➔ Fertig ist das „Gehäuse" deines Mini-Detektivkoffers (siehe 4)!

Der Inhalt (siehe 5)

➔ Mini-Bleistifte (a) lassen sich einfach herstellen. Zersäge mit der Laubsäge einen Bleistift in kleine Stücke und spitze diese neu zu.

➔ Die Klebestreifen für die Fingerabdrücke (b) wickelst du am besten um einen der Mini-Bleistifte.

➔ Zerschneide dünnes Papier in kleine Stücke und hefte sie zusammen. Schon hast du deinen eigenen Mini-Block (c).

➔ Drehe aus Papier einen kleinen Trichter (d) und fülle damit den Puder in das Röhrchen. Du kannst natürlich auch eine Bleistiftmine auf Sandpapier zerreiben und den grauen Staub abfüllen, siehe Seite 136.

➔ Säge den vorderen Teil des Pinsels ab, damit er in die Mini-Schachtel passt (e).

➔ Wickle die Schnur um ein Stück Karton (f).

➔ Schneide von der Kreide und der Wachskerze kleine Stifte ab (g). Wie man mit Wachs geheime Nachrichten hinterlässt, erfährst du auf der Seite 120.

➔ Wickle Seidenpapier um die Streichhölzer. So bekommst du Mini-Papier-Röllchen (h), auf denen eine kurze Nachricht Platz hat.

Knickerbocker-Tipp

Wie du mit Faden und Büroklammern Nachrichten hinterlassen kannst, erfährst du auf den Seiten 125 und 126.

Periskop

Mit einem Periskop kannst du um die Ecke und über Mauern schauen, ohne selbst gesehen zu werden! Für Beobachtungen ist dieses Gerät also absolut spitzenmäßig!

Du brauchst:

➔ eine Papprolle, wie sie zum Versenden von Postern verwendet wird

➔ Pappe

→ zwei kleine Spiegel oder zwei auf Karton geklebte Stücke Alufolie
→ eine Schere oder ein Schneidemesser (Vorsicht!)
→ Klebstoff

So wird's gemacht:

→ Schneide zunächst mit einem Messer oder einer Schere in die Papprolle oben und unten je ein Loch, wie in der Zeichnung (Schritt 1) gezeigt. Die Schnitte müssen dabei auf einander gegenüberliegenden Seiten angebracht werden.
→ An den beiden Löchern müssen jetzt oben und unten oval geschnittene Pappestücke angebracht werden. Wie, siehst du in der Zeichnung (Schritt 2). Schneide aus Pappe zwei Ovale aus. Sie müssen 1,4-mal länger sein als der innere Durchmesser der Papprolle. Wenn zum Beispiel deine Rolle einen Durchmesser von zehn Zentimetern hat, dann müssen die Ovale an der längsten Stelle 14 Zentimeter lang sein. An den beiden schmalen Seiten müssen sie den gleichen Durchmesser wie die Pappröhre haben. Klebe auf die beiden Ovale eine glatte Alufolie. Diese silbrigen Ovale klebe jetzt in die Röhre, wie auf der Zeichnung gezeigt. Du kannst auch zwei kleine Spiegel anbringen, die ungefähr so groß wie die Ovale sind. Klebe sie an den Rändern in die Papprolle. Blicke in die untere Öffnung, und du siehst, was oben oder um die Ecke passiert, ohne dass du gesehen wirst.

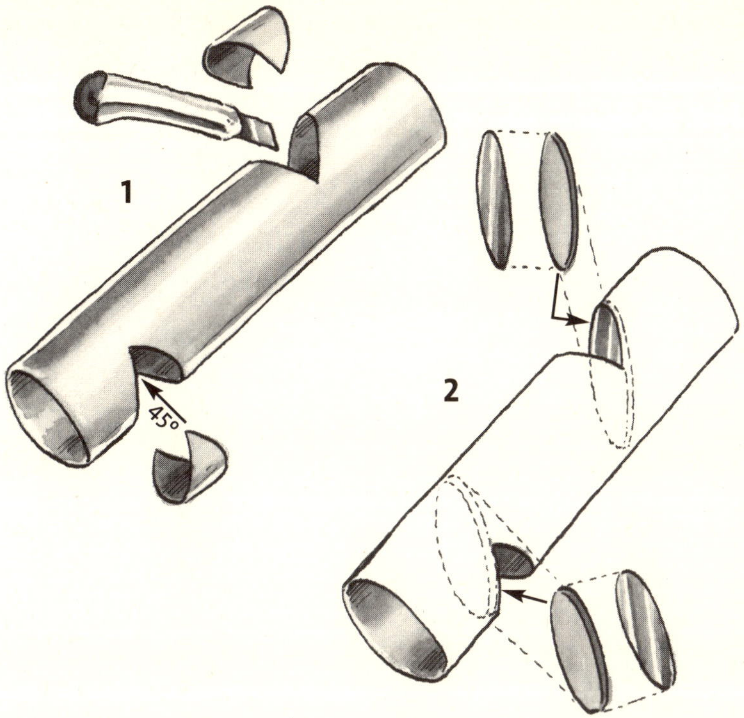

PERSONENKARTEI

In dieser Kartei steht alles über Leute, die du kennst oder beobachtest. Die Kartei ist praktisch. Suchst du zum Beispiel ein passendes Geburtstagsgeschenk, schau unter „Mag sehr“ nach. Bestimmt findest du dort eine Anregung.

Wenn du einen Computer besitzt, kannst du deine Personenkartei natürlich auch dort anlegen, abspeichern und ausdrucken.

Du brauchst:
Karteikarten (gibt es in jedem Papiergeschäft)

So werden die Karten beschriftet:

Name:

Alter:

Adresse:

Telefonnummer:

Größe:

Gewicht:

Besondere Kennzeichen:

Geburtstag:

Sternzeichen (bei Freunden):

Mag sehr:

Mag nicht:

Besondere Notizen:

Detektiv-Training
Versuche doch einmal, eine Personenkarte über jemanden anzulegen, den du nicht persönlich kennst, sondern nur beobachtest!

GeheimKameras

Jemanden zu fotografieren, ohne dass er es bemerkt – das ist möglich. Die Kamera muss dazu nur gut versteckt sein. Hier einige Tipps, wie du aus deinem Fotoapparat oder deiner Digitalkamera eine Geheimkamera machst.

Du brauchst:

- ➔ einen Rucksack oder eine Tasche
- ➔ einen Schuhkarton
- ➔ ein altes Plüschtier
- ➔ eine alte Jacke

So wird's gemacht:

Rucksackkamera

Schneide in den Rucksack ein Loch, durch das das Objektiv der Kamera passt. Lege den Fotoapparat so in den Rucksack, dass die Linse genau durch das Loch „schaut". Du musst die Kamera jetzt von außen festhalten und den Auslöser durch den Stoff drücken können. Mit ein bisschen Übung schaffst du das. Wichtig ist, dass du den Rucksack völlig unauffällig hältst.

Die Kamera im Schuhkarton

Schneide ein kleines Loch in den Karton. Achtung: Das Loch sollte sich zum Beispiel im Preisschild oder auf dem Werbeaufdruck befinden, damit es keiner entdeckt.

Klebe den Fotoapparat mit Klebeband an die Innenseite des Schuhkartons genau vor das Loch. Schneide in die Hinterwand ein großes Loch, durch das du deinen Arm stecken kannst.

Übe vor dem Spiegel, wie du die Schachtel am unauffälligsten hältst. Willst du ein Foto machen, greif von hinten in den Karton und drücke den Auslöser.

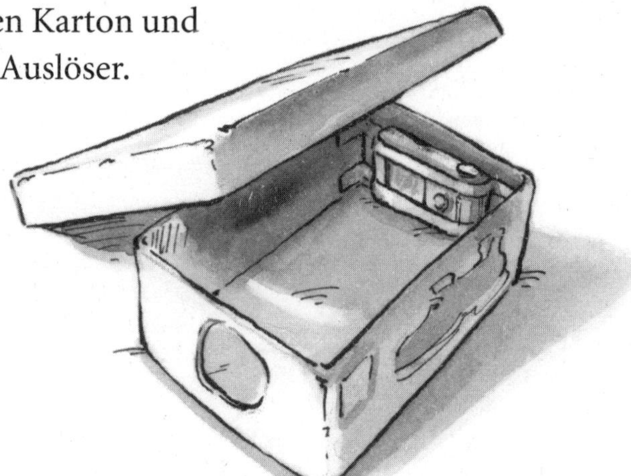

Die Plüschtier-Geheimkamera

Schneide ein altes Plüschtier vorsichtig auf und nimm einen Teil des Füllmaterials heraus. Wieder brauchst du ein kleines Loch, durch das fotografiert werden kann. Nun kommt die Kamera in das Plüschtier. Du kannst es halten und dabei den Auslöser drücken!

Knickerbocker-Tipp

Da du nicht durch den Sucher oder auf das Display der Kamera blicken kannst, solltest du ein Gefühl dafür bekommen, wie weit eine Person weg sein muss, damit du sie ganz auf deinem Bild siehst.

Probiere auch aus, wie das Bild aussieht, wenn die Kamera in Bauchhöhe gehalten wird. Leg sie auf einen Tisch und schau auf das Display oder durch den Sucher! Ein Freund wird sicher gern „Fotomodell“ für dich spielen. Siehst du ihn von Kopf bis Fuß oder bis zu den Knien? Dann stimmt der Abstand!

Die Knickerbocker-Jacke

Von außen sieht sie völlig normal und harmlos aus. Was keiner ahnt: In dieser Jacke stecken jede Menge Dinge! Du hast deine Detektivausrüstung immer dabei!

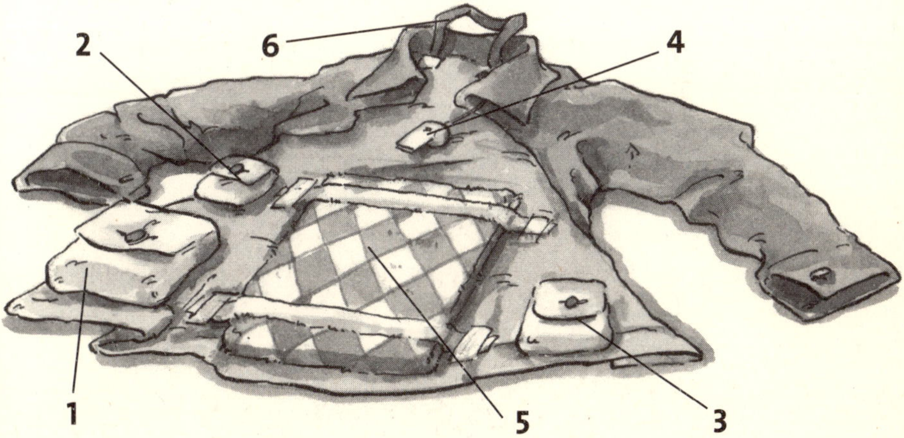

→ Eine größere Tasche für deine Detektivausrüstung: Lupe, Kuli, Block, Pinzette, Plastiksäckchen, Taschenlampe und Handschuhe (siehe 1).
→ Kleinere Tasche mit Pulver-Röhrchen, kurzem Pinsel, Kärtchen und Klebeband mit Abroller für Fingerabdrücke (siehe 2).
→ Die zweite kleinere Tasche ist für eine kleine Kamera oder ein Säckchen und deine Karten für das Notieren von Beobachtungen (siehe 3).
→ Eine Trillerpfeife am Gummiband: in den Jackenärmel stecken, daran ziehen und sie kommt in deine Hand (siehe 4).
→ Eine Decke hält den Rücken warm, wenn du dich anlehnst (siehe 5). Sie lässt sich auch als Sitz zusammenfalten.
→ Festes Band zum Tragen der Jacke (siehe 6).

Du brauchst:
→ eine Jeansjacke, die dir gut passt und eher ein wenig zu weit ist
→ ein Stück festes Band
→ ein Teil einer alten Decke
→ eine alte Jeans
→ einen dickeren Nähfaden und eine Nadel
→ Klettband (gibt's im Kaufhaus)
Falls du nicht alles allein schaffst, lass dir von einem Nähprofi helfen.

So wird's gemacht:

→ Mini-Taschen: Schneide vom Hosenbein einer alten Jeans einen etwa 7 cm breiten Streifen ab. Du hast dann einen Stoffring mit Naht. Trenne oder schneide die Naht auf, sodass ein langer Stoffstreifen entsteht. Falte den Stoffstreifen so, dass oben noch etwa 5 cm einfacher Stoff zum Drüberklappen übrig bleiben. Nähe jetzt – ruhig mit groben Stichen – die Seitennähte zu. Such dir einen Knopf, mach in die Lasche einen Schnitt, durch den der Knopf passt. Nähe den Knopf an den unteren Teil der Tasche so an, dass du das „Knopfloch" drüberziehen kannst. Und schon ist deine Tasche fertig. Jetzt befestigst du sie mit ein paar groben, aber festen Stichen auf der Innenseite deiner Jacke.

→ Große Tasche: Nimm hierfür ebenfalls ein Stück vom Bein einer alten Jeanshose und nähe sie wie oben beschrieben.

→ Falte die Decke zu einem Rechteck zusammen, damit sie auf den Rückenteil der Jacke passt. Bringe dann Stücke des Klettbandes auf der Decke an. Markiere auf der Jacke die Stellen, wo das Klettband aufliegt, und nähe dort den Haftteil des Klettbandes an. Dann kannst du die Decke in der Jacke befestigen."

Fallschachtel

Jeder denkt, die Schachtel enthält ein Spiel, Cornflakes oder Waschpulver. In Wirklichkeit sind geheime Nachrichten, Fotos oder Fundgegenstände darin.

Du brauchst:

➔ schöne Schachteln von Spielen, Süßigkeiten, Waschmitteln oder ähnlichen Dingen.

In so einer Schachtel kannst du deine Notizen, Beweisstücke und Fotos zu einem Fall verstecken.

Knickerbocker-Taschenlampe

Mit dieser Taschenlampe ist es besonders einfach, Blinkzeichen zu geben.

Du brauchst:

➔ eine Stabtaschenlampe
➔ durchsichtige Klebefolie
➔ den Blinkcode von Seite 29

So wird's gemacht:

➔ Zeichne den Blinkcode oder mach eine Fotokopie und schneide ihn aus!

➔ Kleb ihn auf ein Stück Selbstklebefolie mit der Schrift nach unten. Wickle die Folie um die Taschenlampe und befestige sie durch Reiben.

Die wichtigsten Blinkzeichen	
Wie geht es dir?	*dreimal blinken*
Gut!	*einmal blinken*
Schlecht!	*zweimal blinken*
Dort oben ist etwas Verdächtiges!	*viermal blinken und Lichtstrahl in den Himmel lenken*
Schau, dort ist etwas!	*viermal blinken und Lichtstrahl in die Richtung schwenken*
Gute Nacht!	*fünfmal blinken*
Mir ist langweilig.	*Wellenlinie mit dem Licht*
Habe eine Überraschung für dich!	*Zickzacklinie mit dem Licht*
Komm nicht her!	*schnelles Auf und Ab mit dem Licht*
Hilfe	*schnelles Hin und Her mit dem Licht*
Komm her!	*mit dem Licht einen Kreis andeuten*

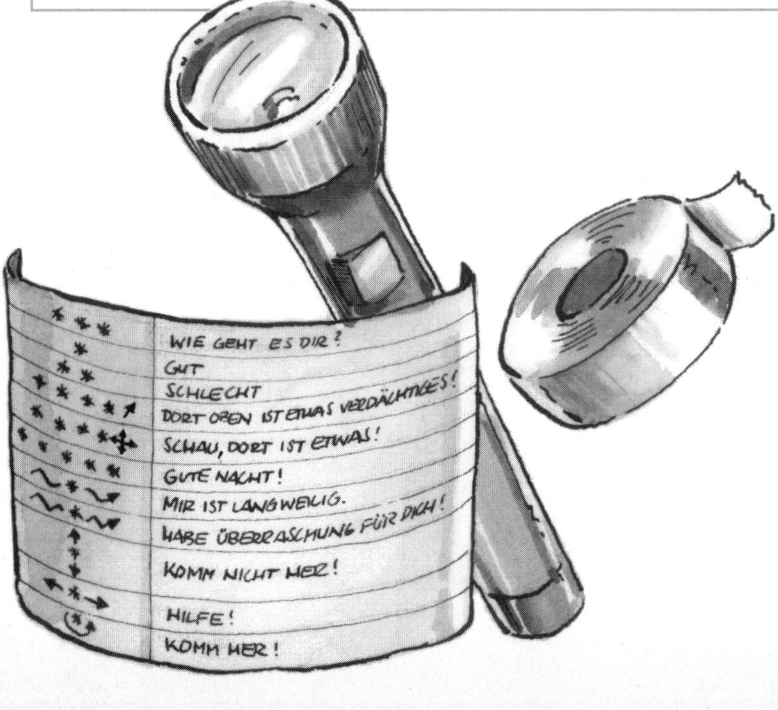

Rückblick-Schirm

War das Narbengesicht noch immer hinter Axel, Lilo, Poppi und Dominik her? Die vier Detektive wollten dem Verdächtigen unter keinen Umständen zeigen, dass sie ihn bemerkt hatten. Deshalb wäre es sehr schlecht gewesen, sich umzudrehen. Aber das brauchten sie gar nicht. Sie hatten ihren Rückblickschirm.

Du brauchst:

- ➔ einen Regenschirm
- ➔ einen kleinen Spiegel
- ➔ Gummiringe

So wird's gemacht:

Spann den Regenschirm auf und befestige den Taschenspiegel mit den Gummiringen ziemlich weit oben am Stock des Schirms. Jetzt hast du alles, was sich hinter dir abspielt, voll im Blick!

Beobachtungszeitung und Beobachtungsbuch

Ein alter Trick, der aber immer noch gut ist.

Du brauchst:

➔ eine Zeitung oder
➔ ein Buch

So wird's gemacht:

➔ Reiß ein kleines Loch in die Zeitung. Du kannst jetzt so tun, als würdest du lesen. In Wirklichkeit beobachtest du den Verdächtigen durch das Loch.

➔ Noch besser ist das Beobachtungsbuch. Dazu bohre ein Loch in den Rücken eines Buches. Es darf nicht zu klein sein, sollte aber in der Schrift auf dem Buchrücken versteckt sein. Buch aufklappen und schon kannst du jemanden durch das Guckloch beobachten!

Spion-Geldbeutel

Die Polizei schnappt einen Spion. Er behauptet, Benedetto Mendo zu sein und aus Italien zu kommen.

Um herauszufinden, wer er wirklich ist, wird ihm sein Geldbeutel abgenommen. Was steckt alles drin? Briefmarken aus Italien, eine Buskarte aus Rom und einige Geldscheine. Außerdem findet sich ein Foto, das den Spion mit einer zweiten Person vor einer Sehenswürdigkeit in Italien zeigt.

Aber das ist noch nicht alles. In seinem Kalender sind verschiedene Telefon-, Handynummern und Termine notiert, die alle mit Italien zu tun haben. Die Polizei lässt ihn laufen.

Sagt er die Wahrheit? Nein, natürlich nicht! Der Geldbeutel und der Kalender sind nur ein cooler Trick!

Knickerbocker-Tipp

Wenn du in den Ferien verreist, nimm einen leeren Geldbeutel mit.

Sammle dann im Urlaub (zum Beispiel in Italien) die Gegenstände für einen Spion-Geldbeutel: eine Fahrkarte, Briefmarken und andere Sachen, auf denen eindeutig zu erkennen ist, woher sie stammen. Besorg dir auch einen Kalender. Bitte eine Freundin oder Freund, vor einer italienischen Sehenswürdigkeit oder einem Geschäft ein Foto von dir zu machen.

In den Kalender trägst du italienische Namen, Adressen und erfundene Verabredungen ein. Die Namen findest du auf Straßenschildern, im Telefonbuch oder auf Ladenschildern.

Das Knickerbocker-Detektiv-Zimmer

So verwandelst du dein Zimmer in ein Banden-Hauptquartier!

Die Tür:

➔ Hänge eine kleine Glocke an einem langen Nagel über die Tür. So kann keiner geräuschlos in dein Zimmer kommen.

➔ Befestige unauffällige Markierungen am Türrahmen. Wenn jemand in dein Zimmer kommt, kannst du sofort sehen, wie groß er ist.

➔ Wenn du dein Zimmer verlässt, klemme einen besonders dünnen Faden oder Haare zwischen Tür und Türrahmen. Ist er nicht mehr dort, wenn du zurückkommst, war jemand in deinem Zimmer.

Der Schreibtisch:

➔ Wenn du sitzt, solltest du immer Tür und Fenster im Auge behalten können. Ein einfacher Spiegel, der auf die Zimmertür gerichtet ist, kann dir dabei helfen.

➔ Verstecke ein Diktiergerät oder einen MP3-Player unter dem Tisch, damit du Gespräche aufnehmen kannst.

➔ Auf dem Schreibtisch dürfen ein Block, ein Kugelschreiber und ein Bleistift nie fehlen.

Das Regal:

➔ Täusche ein Geheimversteck vor, in dem nichts Wichtiges liegt. Es ist dazu da, gefunden zu werden und vom echten Geheimversteck abzulenken.

➔ Das richtige Geheimversteck für dein Geld oder für Beweisstücke ist woanders, zum Beispiel unter einem Tisch.

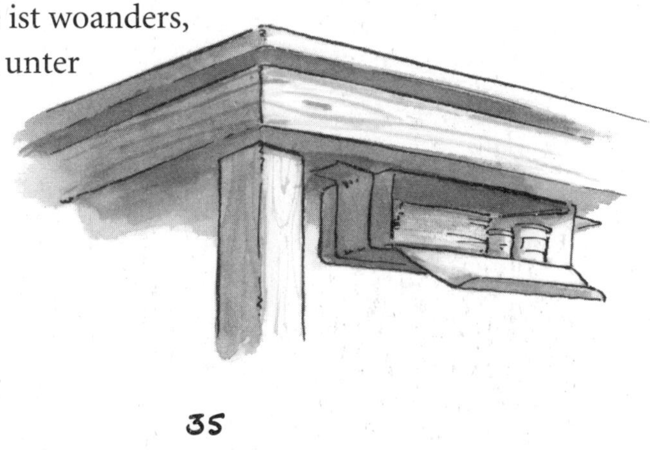

Das Bücherbrett:

➔ Eine Knickerbocker-Banden-Bibliothek besteht aus Büchern zu möglichst vielen Themen, damit ihr alles nachschlagen könnt. Außerdem sollten noch ein aktuelles Telefonbuch und Krimis im Regal stehen.

Der Computer:

➔ Wenn du das Glück hast, einen eigenen Computer mit Internetanschluss zu besitzen, kannst du auch dort zu jeder Zeit recherchieren.

Das Fenster:

➔ Hier sollte immer ein Fernglas bereitliegen.

Die Wand:

➔ Eine Uhr in Sichtweite braucht jeder Detektiv.

➔ Zeichne eine große Karte eurer Nachbarschaft, damit du dich schnell zurechtfinden kannst.

➔ Bringe eine Pinnwand für Fotos, Notizen oder Botschaften an. Mach mit deinen Freunden aus, wo wichtige Mitteilungen hingehängt werden (zum Beispiel hinter ein Poster, das an der Pinnwand hängt).

Die Alarmanlage:

➔ Klebe eine der beiden Öffnungen einer Zündholzschachtelhülle zu.

➔ Fülle die Schachtel mit Reis oder Mais, klebe die andere Öffnung dann auch zu und stelle sie auf den Türrahmen.

➔ Klebe einen Faden an die Schachtel und befestige das zweite Ende an der Türklinke. Wird die Tür geöffnet, fällt die Schachtel um und warnt dich. Weitere Ideen für Alarmanlagen findest du auf den Seiten 43 bis 45.

Die Geheimkamera:

➔ Auf dem Schreibtisch sollte immer eine Schachtel stehen, in der sich eine Kamera befindet, mit der du unauffällig ein Foto machen kannst.

➔ In der Schachtel müssen sich auch ein paar Taschentücher befinden, die du ganz zufällig herausnimmst, wenn du auf den Auslöser gedrückt hast. So bleibt deine Kamera unentdeckt.

Der Papierkorb:

➔ Bau einen doppelten Boden ein. Darunter kannst du geheime Sachen verstecken.

DETEKTIVTIPPS

War Jemand im Zimmer?

Dieser Trick ist nur für Türen geeignet, die sich nach außen öffnen.

Nachdem du das Zimmer verlassen hast, legst du ein zerknülltes Stück Papier vor die Tür. Es muss so aussehen, als hätte es jemand verloren. Achtung: Das Papier darf nicht zu groß und auffällig sein.

Wenn du zurückkommst und das Papier woanders liegt, weißt du, dass jemand die Tür geöffnet hat.

Wurde ein Schrank oder eine Schublade geöffnet?

Wenn du eine Schublade schließt, klemme ein kleines Stück Papier so ein, dass es von außen nicht zu sehen ist. Wird die Schublade geöffnet, fällt das Papierstück heraus.

Bei Schranktüren und Schubladen funktioniert dieser Trick sehr gut: Du klemmst eine Büroklammer zwischen Rahmen und Schublade oder Schranktür und -wand. Sie fällt heraus, wenn die Tür oder die Schublade geöffnet wird.

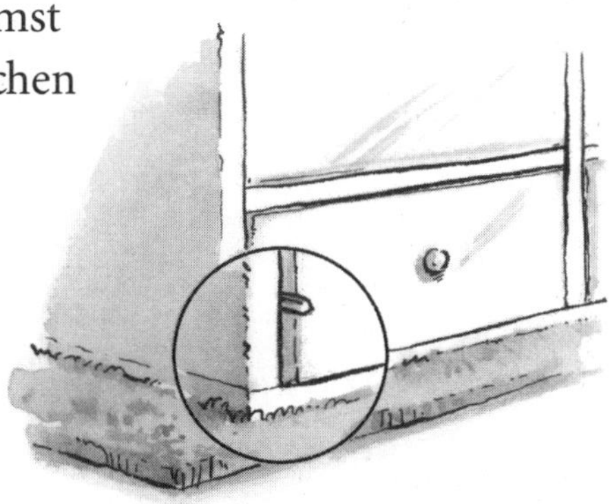

Hat jemand einen Brief oder ein Dokument gelesen?

Falls das Dokument auf einem Papierstapel liegt, mach Folgendes: Zeichne mit Bleistift einen Strich über die Seite des Stapels, bevor du die Dokumente allein lässt. Ist der Strich später noch so, wie du ihn gezeichnet hast, hat niemand den Stapel durchsucht. Ist der Strich zerstört, war jemand an den Blättern.

Ob ein Unbefugter einen Brief gelesen hat, stellst du so fest: Streue in das gefaltete Blatt Papier ein paar Haare, etwas Puder oder kleine Papierschnipsel. Diese Dinge werden herausfallen, wenn der Brief aufgefaltet und gelesen wird. Sind sie nicht mehr im gefalteten Brief, wenn du zurückkommst, ist das der Beweis dafür, dass ein heimlicher Briefleser am Werk war.

Marmeladetest

Igitt, dachte der Spion, als er das Geheimdokument auffaltete und studierte. Es handelte sich um den Plan für ein neues Auto. Der Spion fotografierte den Plan und verkaufte ihn an eine andere Firma.

Eine Woche später wurde er bereits festgenommen. Er war ein Mitarbeiter der bestohlenen Firma. Seine Fingerabdrücke hatten ihn verraten!

Aber wie waren sie auf dem Papier des Planes zu finden? Ganz einfach: Die Ränder und Stellen der Zeichnung, die man auf jeden Fall angreifen muss, waren sehr dünn mit Marmelade bestrichen. Wirklich hauchdünn und nicht zu sehen. Igitt, dachte der Spion, weil der Plan klebrig war. Ohne es zu merken, hinterließ er in der Marmelade deutlich seine Fingerabdrücke.

Pass auf, dass du nicht selbst hineingreifst. Sonst führt die heiße Spur zu dir!

Alarmanlagen

Aus einfachen Dingen kannst du gute Alarmanlagen basteln. Sie melden nicht nur Einbrecher, sondern auch kleine oder größere Geschwister, die in dein Zimmer schleichen wollen.

→ Nimm zwei oder drei Metallkleiderbügel, die nur aus Draht gebogen sind. Hänge sie locker an die Innenseite

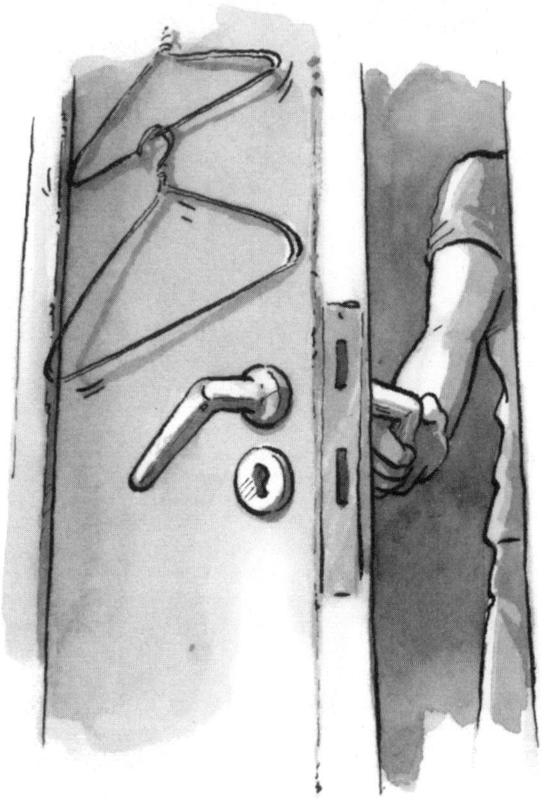

deiner Zimmertür. Besonders gut und wirksam ist es, mehrere Bügel aneinanderzuhängen. Wird die Tür geöffnet, klimpern die Bügel.

➔ Leicht zerknittertes Papier auf dem Boden oder Zellophanpapier von Verpackungen verraten sofort, wenn sich jemand anschleichen möchte. Sie knistern und rascheln.

➔ Ein aufgeblasener Luftballon in einer Schreibtischschublade ist ein „Knalleffekt". Wichtig ist es, mit Klebestreifen noch eine Stecknadel oder einen Reißnagel oben am Rahmen der Schublade zu befestigen. Dann platzt der Ballon, wenn die Schublade aufgezogen wird.

→ Eine Dose, die mit einem Faden an die Türklinke gehängt wird, warnt dich ganz sicher vor unerwünschten Besuchern. Wird die Tür geöffnet, klappert die Dose.

→ Noch besser ist es, zwei längere Stöcke im oberen Drittel zusammenzubinden. In die Mitte binde eine Dose. Das Ganze lehnst du schräg gegen eine geschlossene Tür. Wird die Tür geöffnet, fallen die Stangen mit der Dose um und machen viel Lärm.

Was macht ein Detektiv am Tatort?

Sieben wichtige Regeln:

1. Schau dich gut und gründlich um, aber fass nichts an. Such den Tatort wie ein Spürhund ab.

2. Schau nach Fingerabdrücken und nimm diese mit dem Fingerabdruckpulver und dem Klebeband ab (siehe Seite 137).

3. Schreib genau auf: Wo ist das passiert? Wann ist es geschehen? Wer hat etwas mit der Sache zu tun?

4. Steck sämtliche Fundstücke in kleine Säckchen und beschrifte sie.

5. Befrage alle Zeugen und Beteiligten und schreib ihre Aussagen auf.

6. Durchsuch den Tatort ein zweites und drittes Mal.
7. Versuch dir vorzustellen, was geschehen ist! Zu jedem Vorfall gibt es eine Geschichte, die du mithilfe der Fundstücke aufrollen kannst.

So durchsuchen wir ein Haus

Vorab etwas Wichtiges: Ein fremdes Haus unerlaubt zu betreten, ist Hausfriedensbruch und daher strafbar! Die folgenden Tipps sind nur für den absoluten Notfall bestimmt!

➔ Bevor wir ein Haus betreten, in dem wir etwas Verdächtiges vermuten, kontrollieren wir, ob sich jemand darin aufhält:
– Kommt Rauch aus dem Kamin?
– Brennt Licht?
– Steckt viel Post im Briefkasten?
➔ Wir schleichen um das Haus und schauen durch die Fenster. Können wir jemanden sehen?
➔ Erst wenn wir sicher sind, keine bösen Überraschungen im Haus zu erleben, treten wir ein – falls die Tür nicht abgeschlossen ist.
➔ Wir fassen Türklinken und Drehknöpfe immer mit beiden Händen an. So können wir sie besser festhalten und Geräusche vermeiden.
➔ Auch wenn wir sicher sind, dass sich niemand im

Haus aufhält, sind wir auf der Hut. Türen stoßen wir deshalb immer mit der Schuhspitze auf. Danach warten wir ab, ob sich etwas tut. Bleibt alles ruhig, gehen wir vorsichtig in das Zimmer.

➔ Treppen betreten wir immer nur an den Außenkanten, damit das Holz nicht knarrt.

➔ Am besten ist es, die Treppen auf allen vieren hinaufzukriechen. Kommt plötzlich jemand von oben, sind wir auf den ersten Blick nicht zu erkennen.

➔ Taucht jemand auf, gehen wir sofort in Deckung. Wir schauen uns immer nach guten Verstecken um, damit uns der Verdächtige nicht zu leicht überraschen kann.

Sehr gut dafür geeignet ist eine normale Tür. Wir können uns hinter ihr verstecken.

→ Pass auf deinen Schatten auf! Auch wenn du noch nicht zu sehen bist, kann dich dein Schatten verraten.

Beschatten

→ Es ist niemals gut, wenn mehrere Personen jemanden beschatten. Selbst unachtsamen Leuten werden vier Detektive auffallen, die ihnen auf Schritt und Tritt folgen.

→ Deshalb verfolgen wir die Verdächtigen immer nur getrennt. Axel bleibt hinter der Person, Poppi auf der anderen Straßenseite und Lilo und Dominik sind noch ein Stück weiter hinten.

→ Manchmal ändern wir auch blitzschnell unser Aussehen. Axel hat zum Beispiel eine Wendejacke. Wenn er die Innenseite nach außen dreht, hat sie eine andere Farbe. Da er gerne Sportkappen trägt, hat er immer eine zweite in einer anderen Farbe bei sich.

→ Poppi bindet sich manchmal die Haare zusammen und Lilo löst ihre Zöpfe. Das machen sie natürlich heimlich in einer Hauseinfahrt.

→ Dominik hat immer ein kleines Spiel eingesteckt. So kann er sich völlig harmlos an eine Litfaßsäule anlehnen und spielen.

➔ Achtung: Ungewöhnliche Sonnenbrillen, ein Mantel im Sommer und ähnliche Verkleidungen sind zu auffällig und daher ungeeignet!

Bitte verfolgt aber niemals zum Spaß Leute, die ihr nicht kennt. Sie könnten nämlich tatsächlich Angst bekommen. Aber versucht doch mal, einem Bekannten heimlich auf der Spur zu bleiben!

Wie weit ist der Verdächtige entfernt?

Mit einem Blick kannst du abschätzen, wie weit eine verdächtige Person entfernt ist.

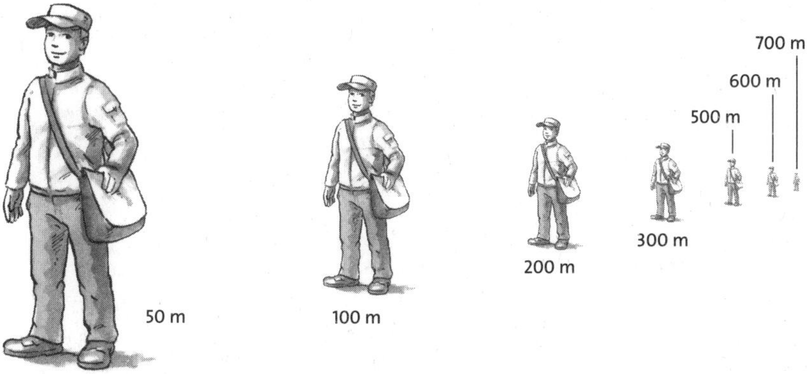

➔ 50 Meter: Du erkennst das Gesicht und siehst Augen und Mund.
➔ 100 Meter: Nun erscheinen dir die Augen nur noch als kleine Punkte.

→ 200 Meter: Das Gesicht ist noch recht gut zu erkennen. Auf der Kleidung sind Knöpfe, Taschen und Gürtel auszumachen.

→ 300 Meter: Das Gesicht ist nur noch eine Fläche. Augen und Mund sind nicht mehr zu erkennen.

→ 500 Meter: Du erkennst nur noch grob die Figur eines Menschen. Deutlich wahrzunehmen sind die Farbe seiner Kleidung und eine mögliche Kopfbedeckung.

→ 600 Meter: Der Kopf ist nur noch ein heller Punkt.

→ 700 Meter: Kopf und Körper verschmelzen zu einem großen Punkt.

Knickerbocker-Tipp

Probiere das mit deinen Freunden aus: Geht auf eine große Wiese oder in eine Allee. Bestimmt die Entfernungen und stellt euch auf. Stimmen alle Angaben, die wir euch gegeben haben, auch für euch?

Später könnt ihr trainieren. Einer von euch läuft ein Stück. Die anderen drehen sich erst auf Kommando um und schätzen, wie weit der Freund entfernt ist.

Wie wird man einen Verfolger los?

Du spürst es, du weißt es und es gibt keinen Zweifel. Du wirst verfolgt. Jemand hat sich an deine Fersen geheftet und bleibt immer ein kleines Stück hinter dir.

Wie kannst du diesen Schatten abschütteln?

So geht's:

→ Das einfachste Mittel: Versuche, in der Menschenmenge unterzutauchen. Sind viele Leute um dich herum, dann dräng dich dazwischen und gehe in Deckung. Dein Verfolger verliert dich auf diese Weise vielleicht aus den Augen.

→ Falls du einem Freund begegnest, dann tausche mit ihm die Jacke. Natürlich müsst ihr dazu sehr unterschiedliche Jacken tragen. Falls er eine Kappe – so wie Axel – auf dem Kopf hat, schnapp sie dir.

→ Profi-Trick: Hab immer eine sehr auffällige Kappe oder einen dünnen Regenmantel bei dir. So kannst du blitzschnell dein Aussehen verändern und den Verfolger abschütteln. Er hält schließlich nach deiner ursprünglichen Kleidung Ausschau.

→ Super sind auch sogenannte Wendejacken oder -westen (siehe auch Seite 48).

→ Lauf in ein Gebäude und such einen Hinterausgang.

→ Versteck dich an einem stockfinsteren Ort. Schalt deine Taschenlampe an und leg sie so hin, dass es aussieht, als hättest du sie in der Hand. Mach dich dann aus dem Staub. Dein Verfolger wird denken, dass du noch immer im Versteck hockst, weil er auch vorher nur das Licht der Lampe gesehen hat.

Der Riesenspiegel

Auf der Straße gibt es zahlreiche „Riesenspiegel", nämlich Schaufenster, in denen du genau beobachten kannst, was sich hinter dir tut, ohne dass es deine Verfolger bemerken!

So geht's:

Du stellst dich ganz einfach vor ein solches Schaufenster. In der Glasscheibe kannst du gut beobachten, was hinter dir geschieht!

Aber Achtung: Geh nicht zu nah heran, sonst funktioniert der Riesenrückblickspiegel nicht.

So kannst du durch Milchglasscheiben sehen

Bestimmt kennst du Milchglasscheiben. Sie sind weiß und undurchsichtig. Mit einem einfachen Trick kannst du trotzdem durch sie hindurchsehen.

Du brauchst:

→ durchsichtiges Klebeband

So geht's:

Kleb einen Streifen Klebeband auf das Milchglas und drück ihn mit dem Daumennagel fest an. Schon wird das Milchglas durchsichtig!

So tarnst du dich!

Tarnen bedeutet: Du veränderst dein Aussehen, um nicht erkannt zu werden. Auf diese Art kannst du leichter unauffällig Nachforschungen anstellen. Hier die besten Tricks:

Verändere dein Gesicht:

➔ Verändere dazu deine Frisur. Mit Haargel ist das eine Kleinigkeit. Reib das Gel in dein Haar und frisiere es zurück. Du hast nun eine sehr glatte, glänzende Frisur. Versuch es, du wirst feststellen, dass du anders aussiehst, richtig cool!

➔ Ein fehlender Zahn wirkt sehr gut und verändert ein Gesicht stark. Natürlich musst du dir keinen Zahn ausschlagen. Es gibt für Schauspieler sogenannten Zahnlack. Damit wird der Zahn schwarz gefärbt und sieht wie eine Lücke aus. Diesen Lack kannst du zum Beispiel im Internet bestellen – aber frag vorher deine Eltern!

➔ Trägst du normalerweise keine Brille? Dann setz dir für die Verfolgung des Täters eine auf.

➔ Mal dir Falten ins Gesicht. Dazu kannst du einen Augenbrauenstift, einen Schminkstift, zur Not aber auch einen weichen Bleistift (4 B oder noch weicher) verwenden. Runzle die Stirn und kneife den Mund zusammen. So entstehen Falten, die du nur nachziehen musst.

➔ Beim Zahnarzt bekommst du manchmal Röllchen aus Zellstoff in den Mund gesteckt. Damit kannst du dir Hamsterbacken machen. Nimm dir ein paar Röllchen vom Zahnarzt mit und probier es aus. So kann der Gang zum Zahnarzt auch einmal Spaß machen!

➔ Verstärke deine Augenbrauen mit einem Augenbrauenstift.

➔ Mit Puder kannst du dein Haar ergrauen lassen. Achtung: Dieser Trick funktioniert nur mit der dazu passenden Verkleidung!

Blitztarnung

Plötzlich siehst du von hinten viel breiter aus!

Du brauchst:

➔ einen Hut und ein Handtuch (beides kannst du während der Ermittlungen in einer Tasche bei dir tragen)

So geht's:

Du rollst das Handtuch zusammen und legst es auf deine Schultern.

Zieh nun den Mantel darüber an, schon hast du hohe und breite Schultern. Kragen aufstellen und Hut aufsetzen. Von hinten wirkst du jetzt wie eine andere Person.

Blitztuch

Poppi verwendet es manchmal. Sie bindet sich ein grellgelbes Tuch um den Hals, das schon von Weitem sichtbar ist. Blitzschnell kann sie aus dem gelben Tuch aber ein dunkelgrünes machen. Das ist viel weniger auffällig.

Du brauchst:

→ zwei gleich große Tücher in unterschiedlichen Farben

So geht's:

Du nähst die Tücher an den Kanten zusammen. Wenn du das gelbe Tuch „färben" möchtest, musst du es nur losbinden, die andere Seite nach oben legen und wieder um den Hals schlingen.

Schnelle Tarnung - Kein Problem!

→ Ein großes Taschentuch kann sehr nützlich sein. Am besten eignet sich ein Stofftaschentuch. Wenn du dein

Gesicht verstecken willst, zieh das Taschentuch heraus und tu so, als würdest du dich schnäuzen.

➔ Taucht der Verdächtige auf, den du verfolgst, dann bücke dich und binde deinen Schuh neu zu. So kannst du dein Gesicht verbergen.

➔ Du kannst auch Münzen fallen lassen und sie wieder aufheben oder in deiner Tasche kramen.

➔ Eine Zeitung oder eine Zeitschrift sind ebenfalls hilfreich. Lehne dich gegen eine Wand und tu so, als würdest du Zeitung lesen. Hinter den Seiten kannst du dich gut verstecken.

➔ Aber auch Bäume, Litfaßsäulen, Hauseingänge oder ein Kiosk sind zum Verstecken bestens geeignet.

So erkennst du die Tarnungen der anderen!

Ist der Bart echt oder angeklebt?

Am besten gibst du vor, du hättest eine Wespe oder eine Fliege im Bart des Verdächtigen entdeckt. Dabei kannst du nach dem Bart greifen und daran zupfen.

Ist das Gesicht geschminkt oder tatsächlich so dunkel?

Tu so, als hättest du einen Fleck im Gesicht des anderen entdeckt. Nimm dein Taschentuch und wisch damit über die Wange des Verdächtigen. Zeig dich ausgesprochen hilfsbereit.

Besonders geeignet ist ein weißes Taschentuch. So siehst du am besten, ob sich Schminke auf dem Tuch befindet.

Ist es eine Frau oder ein Mann?

Die Knickerbocker-Bande hat schon einige Male mit Männern zu tun gehabt, die als Frauen verkleidet waren. (*Im Tal der Donnerechsen* zum Beispiel.) Mit einfachen Tricks kannst du mehr über einen Verdächtigen herausfinden.

Die beste Methode ist die „Schreck-Methode". Zieh eine blutige Ratte aus deiner Jacke (natürlich eine Plastikratte aus dem Scherzartikelgeschäft!) und fuchtle damit herum. Wie reagiert der/die Verdächtige? Erschrickt er/sie sich so, dass er/sie zu schreien beginnt? Wie klingt die Stimme? Falls er/sie flüchtet, beobachte den Gang, er kann sehr verräterisch sein.

KNICKERBOCKER-TRICKS

Das Glas an der Wand

Axel lief unruhig im Zimmer auf und ab. Er saß in der Falle. Dieser geheimnisvolle Signore Parlaccio hatte ihn entdeckt und in ein Zimmer gesperrt. Nun befand er sich im Nebenraum und telefonierte, aber Axel verstand nichts von dem, was er sagte.

Doch dann entdeckte er etwas. Mit einem kleinen Trick konnte er das Telefonat belauschen. Nun schnappte er einige Wortfetzen auf und verstand, dass Signore Parlaccio ihn um acht Uhr abends wegbringen wollte. Der Knickerbocker hatte also noch ein bisschen Zeit, sich zu überlegen, wie er den Mann austricksen konnte.

So geht's:

Axel entdeckte ein normales Trinkglas. Er hielt es mit der Öffnung gegen die Wand und presste das Ohr auf den Boden des Glases.

Wichtig: Das Glas sollte möglichst groß sein und dünne Wände haben. Dann kannst du damit besser belauschen!

Der Trick mit dem Bleistift

Das Telefon läutete. Paul K. meldete sich mit einem leisen „Hallo?“.

„Wir haben Ihren Trick durchschaut“, verkündete eine seltsame, rollende Stimme am anderen Ende der Leitung. „Lassen Sie das Klauen bleiben und geben Sie alle gestohlenen Sachen zurück, dann verraten wir Sie nicht!“ Danach war nur noch ein Tuten zu hören.

Paul K. legte auf und wischte sich über die Stirn. Er hatte im Supermarkt Waren gestohlen und sie in einen zusammengefalteten Regenschirm fallen lassen. So hatte er die Beute aus dem Supermarkt geschmuggelt.

Die Knickerbocker-Bande hatte Paul K. beobachtet, aber nicht angezeigt. Er war nämlich ein Schulkollege von ihnen. Poppi hatte ihn angerufen.

Aber wieso klang ihre Stimme am Telefon so seltsam?

So geht's:

Poppi hat beim Sprechen einen Bleistift zwischen den Zähnen gehalten. Dieser einfache Trick verändert die Stimme völlig. Allerdings solltest du das Sprechen mit dem Bleistift vorher üben, sonst klingt es unverständlich!

Die schnarrende Stimme

Weißt du, was ein Kazzoo ist? Du bekommst es in einem Scherzartikelladen.

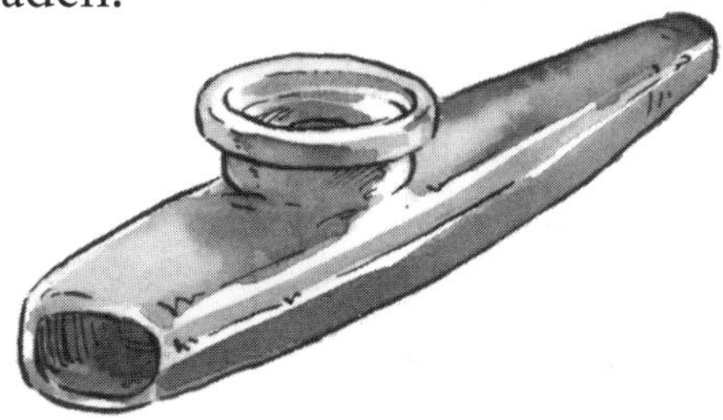

So geht's:

Du steckst es in deinen Mund und kannst zum Beispiel hineinsingen. Deine Stimme klingt dann wie eine Trompete. Aber mit diesem Instrument hast du auch die Möglichkeit, deine Stimme völlig zu verstellen. Sprich hinein und du klingst wie eine Mischung aus Donald Duck und Frankenstein!

Falsche Spuren

Ein super Trick! Deine Verfolger haben die Augen nur auf den Boden gerichtet. Dort sehen sie genau die Abdrücke deiner Schuhe. Sie laufen der Spur nach und … stehen plötzlich vor einem Abgrund! Bist du denn etwa hinuntergesprungen?

So geht's:

Natürlich bist du nicht gesprungen. Du bist nur in deinen Spuren rückwärtsgegangen, wieder von der Schlucht weg. Das sieht man den Fußspuren natürlich nicht an. Sie sehen so aus, als wärst du zur Schlucht gelaufen und dann gesprungen!

Ein Plan verschwindet

Wenn wir geheime Pläne oder Aufzeichnungen bei unseren Ermittlungen verwenden, hängen sie immer an einem langen Gummiband, das im Ärmel einer unserer Jacken befestigt ist. Taucht jemand auf, der die Zettel in unserer Hand nicht sehen darf, sind sie auch schon blitzschnell in den Jackenärmeln verschwunden. Ohne eine verdächtige Bewegung!

Du brauchst:

→ Hosengummi (gibt's im Kaufhaus oder Handarbeitsgeschäft)

- eine Sicherheitsnadel
- ein Stück Karton (etwa 4 x 6 Zentimeter)

So geht's:

➔ Bohr ein Loch in den Karton und binde das Gummi fest. Das andere Ende verknote mit der Sicherheitsnadel. Befestige diese Nadel innen am Schulteransatz deiner Jacke.

➔ Der Karton soll sich jetzt auf Höhe deines Unterarms befinden. Willst du ihn herausnehmen, greif mit der anderen Hand in den Ärmel und ziehe. Halte den Karton mit den Fingern des Armes fest, an dem sich der Gummizug befindet!

➔ Auf dem Karton kannst du mit vier Büroklammern eine Verkleinerung einer Karte oder eines Briefes befestigen.

➔ Willst du den Plan verschwinden lassen, lass ihn einfach los. Schon ist er wieder im Ärmel gut versteckt!

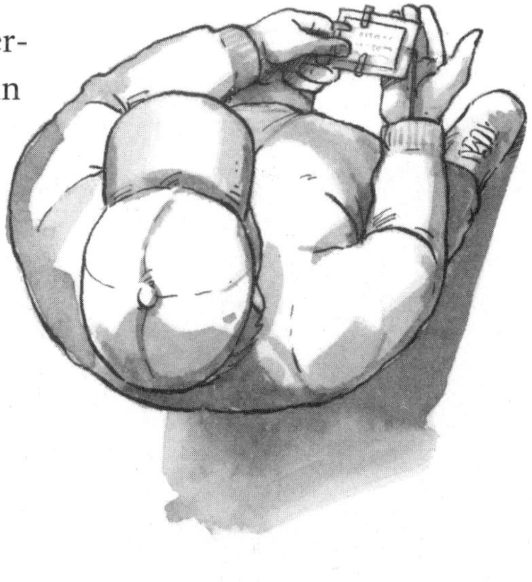

Pflastertrick

Winzige Gegenstände und Geheimbotschaften kannst du bestens hinter einem Heftpflaster verstecken. Axel hat einen Zusatztrick. Er malt außen auf das Pflaster mit Filzstift braune Flecken, sodass es etwas älter und „blutgetränkt“ aussieht.

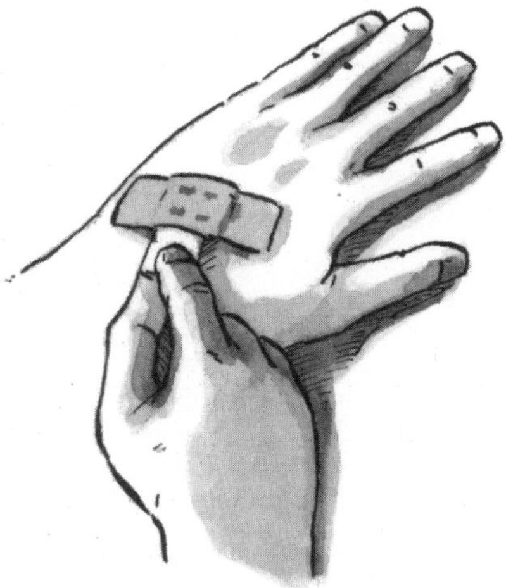

Lippenlesen

Dominik ist Meister im Lippenlesen. Er kann durch ein geschlossenes Fenster *sehen*, was jemand spricht. Dazu braucht er keine Silbe zu hören. Er liest die Wörter von den Lippen ab.

Die Tricks des Lippenlesens ist einfach. Wichtig ist es, verschiedene Buchstaben gut zu erkennen. Kein Problem sind das M, das P, das B und die Vokale A, E, I, O und U.

Was sagen diese Leute?

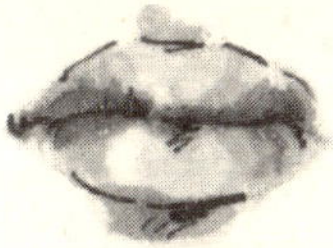

Mond

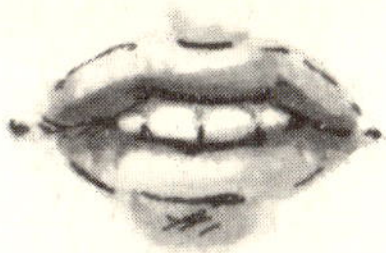

Fahne

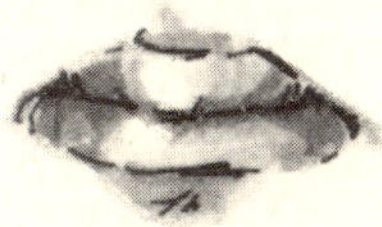

Pony

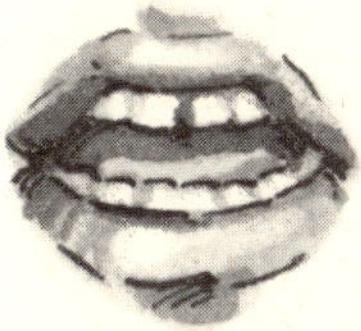

Hallo

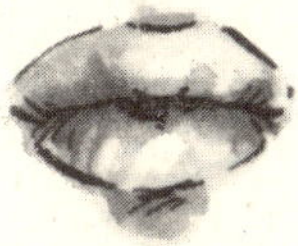

Udo

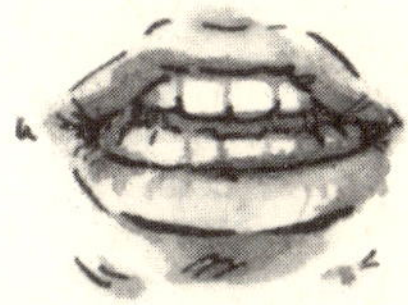

Zeppelin

Geheimversteck Schnürsenkel

Als Dominik einmal eine sehr wichtige und streng geheime Botschaft bei sich hatte, wurde er von Gaunern überrascht und geschnappt. Obwohl sie alle seine Taschen gründlich durchsuchten, konnten sie nichts finden. Die Ganoven leuchteten sogar in seinen Mund, weil sie dachten, er hätte die Botschaft dort.

Wo sie wirklich war? In seiner Mini-Tasche an den Schnürsenkeln.

Du brauchst:

- ➔ normale Schnür- oder Sportschuhe
- ➔ ein Stückchen Stoff
- ➔ Nadel und Faden

So wird's gemacht:

→ Näh aus dem Stoff eine ganz winzige Tasche. Diese wird dann am Ende der Schnürsenkel angenäht. Sie sieht wie eine Art Knoten aus.

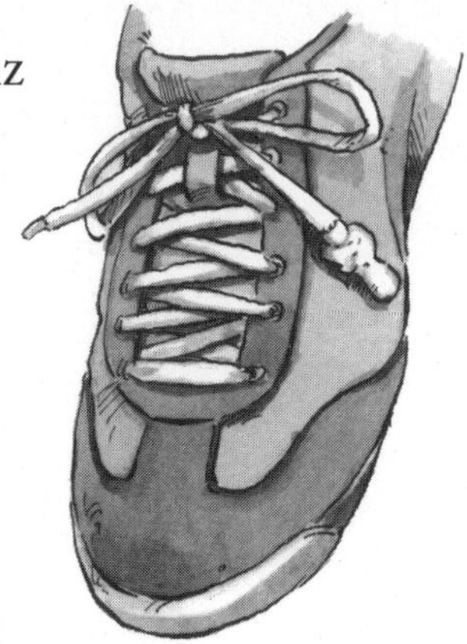

→ Wickle deine Geheimbotschaft um einen Bleistift und stopf sie damit in die Mini-Tasche.

→ Mithilfe einer Pinzette kannst du sie wieder herausholen.

Mit dem eigenen Körper messen!

Wir – die vier Mitglieder der Knickerbocker-Bande – vermessen uns immer jedes halbe Jahr. Macht das doch auch einmal!

→ Wie groß bist du von der Zehenspitze bis zum Scheitel?

→ Wie hoch reichst du hinauf, wenn du die Hand ausstreckst?

→ Wie groß sind deine Schritte?

→ Wie lang und wie breit sind deine Füße?

→ Wie groß ist der Abstand von deinem Daumen bis zum kleinen Finger, wenn du die Finger spreizt?

→ Wie groß ist die Strecke zwischen Mittelfingerspitze und Ellbogen?

Wir merken uns diese Werte genau. Oft bräuchten wir ein Maßband, haben aber keines dabei. In so einem Fall können wir dann auch mit unseren Armen und Beinen viel vermessen!

Axel die kleinen Sachen, wir die großen Sachen! Haha!

ABLENKEN UND VERBLÜFFEN

Manchmal ist es wichtig, Leute zu verblüffen und abzulenken. Hier ein paar coole Tricks dazu.

Dominik „errät" jedes Alter

Von einem Zauberkünstler habe ich diesen tollen Trick gelernt. Ich gehe auf die Person zu, die ich ablenken möchte, starre ihr in die Augen und sage: „Wetten, dass ich Ihr Alter und Ihren Geburtsmonat erraten kann?"

Jeder ist über diese Ankündigung natürlich erstaunt. Ich rate dann einfach drauflos, und wenn ich danebenliege, sage ich: „Kein Wunder! Sie müssen ja auch viel fester an diese Daten denken. Deshalb gebe ich Ihnen eine kleine Rechenaufgabe auf. Denken Sie zunächst fest an die Zahl ihres Geburtsmonats."

Januar ist 1, Februar 2, Juni 6 und so weiter. Nun soll mein Gegenüber die Zahl mal zwei nehmen und fünf dazuzählen. Das Ergebnis wird mit 50 multipliziert und nun das Alter dazugezählt. Zum Abschluss wird die Zahl 365 abgezogen.

Frag die Person nun nach dem Ergebnis und zähle dann 115 dazu. Die letzten beiden Stellen der Zahl verraten dir das Alter, die ersten beiden den Geburtsmonat. Bei der Zahl 712 ist die 7 der Geburtsmonat, also Juli, und die 12 steht für das Alter.

Axels Klammertrick

Er kann zwei Büroklammern miteinander verbinden, ohne die beiden mit den Fingern zu berühren!

Du brauchst:

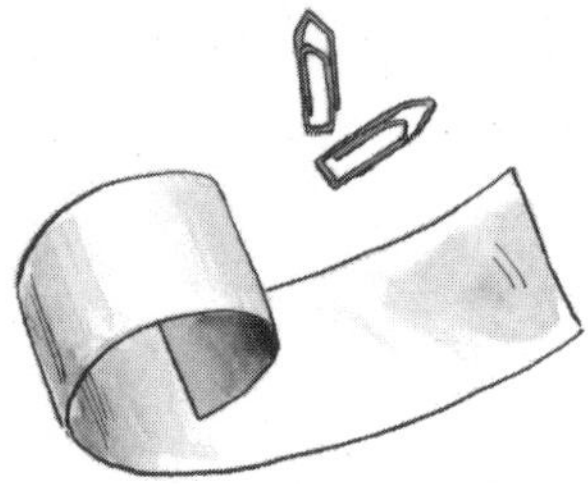

→ einen Streifen Papier
→ zwei Büroklammern

So geht's:

→ Halt den Papierstreifen so, dass er die Form eines „S" bildet.
→ Steck die Klammern so an, wie du es im Bild siehst.
→ Zieh fest an den Enden des Streifens. – Plopp! Die Klammern hängen plötzlich ineinander und sind verkettet!

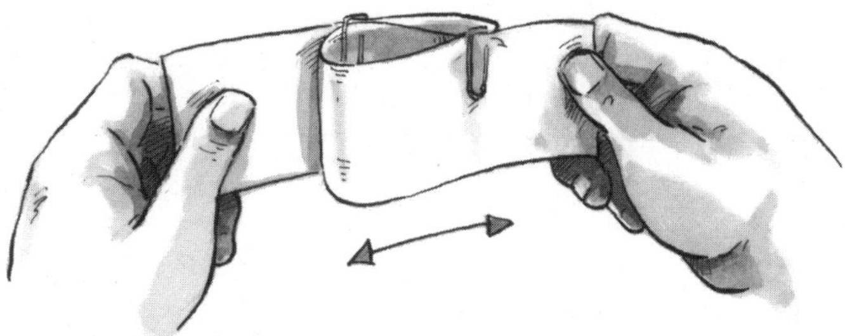

Der Trick mit dem Becher

Mit diesem Trick hat Poppi einmal einen Verdächtigen abgelenkt, dessen Zimmer wir kurz unter die Lupe nehmen wollten. Wir haben es auch geschafft und tatsächlich ein gestohlenes Bild unter dem Bett entdeckt!

Poppi hat mit dem Mann gewettet. Sie hat ihm auf jede Hand einen Pappbecher gestellt, der voll mit Wasser war. Er sollte nun die Becher auf einen Tisch stellen, ohne das Wasser zu verschütten. Der Mann hat lange getüftelt, aber nicht herausgefunden, wie es geht.

So geht's:
Du hältst einen Becher mit den Zähnen fest. Dann hast du eine Hand frei und kannst den anderen abstellen. Bequem nimmst du dann den Becher aus dem Mund und stellst ihn daneben. Fertig!

Die Geisterstimme

Es war beim Abendessen auf Schloss Hongau. Die Knickerbocker-Bande saß mit der Gräfin, ihren beiden Söhnen und ihrer Tochter bei Tisch. Die vier Freunde mussten dringend mit der Gräfin unter vier Augen reden. Einer ihrer Söhne bestahl sie nämlich. Aber die beiden Jungen ließen ihre Mutter keine Sekunde allein.

Lilo griff daher zu einem wirkungsvollen Trick. Während des Essens ertönte plötzlich ein lauter Schrei in der Halle, es folgte ein Poltern und Krachen. Die Jungen und ihre Schwester sprangen auf und rannten hinaus. Endlich war die Bande mit der Gräfin allein.

Enttäuscht kehrten die drei kurz danach aus der Halle zurück. Dort war absolut nichts gewesen. Hatten sie es mit einem Geist zu tun?

Nein, Lilo hatte den Schrei und das Poltern schon einen Tag zuvor auf einem MP3-Player aufgenommen und jetzt über angeschlossene Lautsprecher abgespielt. Wichtig: Sie hatte zuerst einige Tracks ohne Geräusche aufgenommen, danach den Schrei und das Poltern. Kurz vor dem Essen drückte sie die „Play“-Taste des MP3-Players. Zuerst liefen also nur die Tracks ohne Geräusche durch. Plötzlich aber ertönte die Geisterstimme und keiner der Anwesenden schien damit etwas zu tun zu haben!

Keine Bewegung!

Wer auf diesen Trick hereinfällt, kann sich nicht vom Fleck bewegen, ohne nass zu werden.

So geht's:

Du kletterst mit einer Schüssel voller Wasser eine Leiter hoch und presst die Schüssel an die Zimmerdecke. Von unten stemmt jemand anderes mit einem Stock dagegen. Wenn derjenige vorbeikommt, den du beschäftigen und ablenken möchtest, bitte ihn, den Stock zu halten. Danach macht euch aus dem Staub!

Wenn der unfreiwillige „Helfer" dir nachlaufen will, muss er den Stock loslassen. Dann aber prasselt ihm von oben das Wasser auf den Kopf!

GEHEIMZEICHEN, GEHEIMSPRACHEN UND GEHEIMSCHRIFTEN

Geheimzeichen, Geheimsprachen und Geheimschriften

Das Knickerbocker-Uhrzeitalphabet

Wir benutzen gerne diese Schrift, weil sie einfach zu merken und schnell anzuwenden ist:

Jeder Buchstabe bedeutet eine bestimmte Uhrzeit:

A = 12 Uhr
B = 12.15 Uhr
C = 12.30 Uhr
D = 12.45 Uhr
E = ...

Diese Zeichen haben wir auf unserem Block und im Mini-Koffer. Probiere aus, ob du sie auch so gerne verwendest wie wir.

Zinken

Was sind Zinken?

Zinken sind Geheimzeichen, die meist Landstreicher und Gauner verwendet haben. Sie wurden entweder mit Kreide an eine Hausmauer geschrieben oder mit einem Stein in den Boden geritzt. Die Zinken sollten anderen mitteilen, was sich in der Umgebung tat: ob reiche Beute zu machen war, ob großzügige oder eher geizige Leute in einem Haus wohnten und so weiter. Schau genau hin, vielleicht entdeckst du irgendwo an einer Hauswand noch ein solches Geheimzeichen!

Landstreicherzinken

Achtung, Gefahr!

Hier kriegst du Geld!

Hier gibt es etwas zu essen!

Hier leben drei Kinder, zwei Frauen und ein Mann.

Hier gibt es nichts!

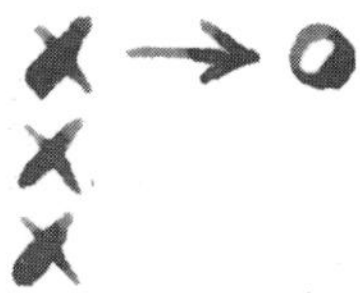
Im dritten Stock rechts bekommst du etwas.

Hier kannst du auch schlafen!

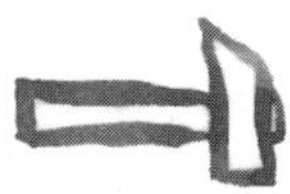
Hier bekommst du etwas, musst aber dafür arbeiten.

Gaunerzinken

Gaunerzinken waren von Ort zu Ort natürlich unterschiedlich. Hier einige Zinken, die sehr häufig zu sehen waren.

Hier ist nichts zu holen.

Die Hausbesitzer rufen die Polizei!

Sofort verschwinden!

Das Haus ist sehr gefährlich!

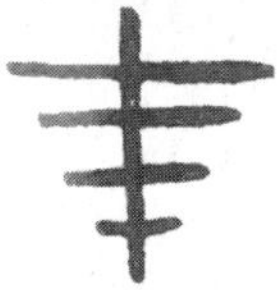

Hier wohnt ein Polizist!

Komm am Abend.

Hier kannst du Geld stehlen!

Komm am Morgen.

Hier bekommst du höchstens etwas zu futtern.

Hier nichts stehlen!

Vorsicht, bissiger Hund!

Hier gibt es Prügel!

Stell dich krank, das wirkt hier.

Was ist Rotwelsch?

Rotwelsch ist eine alte Gaunersprache. Heute benutzen wir manche Worte daraus und wissen es gar nicht. Vor ungefähr 150 Jahren hätte allerdings kein „braver Bürger“ einen solchen Ausdruck in den Mund genommen.

Einige Beispiele, von denen du sicher die meisten kennst:

- ➔ Ganove = Verbrecher
- ➔ Kies = Geld
- ➔ singen = etwas ausplaudern
- ➔ Knast = Gefängnis
- ➔ Bulle = Polizist
- ➔ hochgehen = verhaftet werden
- ➔ link = falsch
- ➔ Kaff = Dorf
- ➔ Schmiere stehen = Wache halten

Gaunersprache

Hier einige Beispiele aus dem aktuellen „Gaunerwortschatz“:

- ➔ abchecken = überprüfen
- ➔ abgebrannt = ist in Geldnöten
- ➔ ableuchten = überprüfen, ob jemand etwas bei sich hat, das man stehlen kann
- ➔ Bazille = Spitzel, Verräter
- ➔ bunkern = gestohlenes Geld oder Beute aufbewahren
- ➔ Cash = Bargeld
- ➔ er ist ein Glatter = er ist in Ordnung
- ➔ Fett, Pinke, Money, Kohle, Kies, Knete und Flocken = Geld
- ➔ Fink = Spitzel
- ➔ Igel = ein Polizeibeamter

- jumpen = verschwinden
- linken = jemanden betrügen
- Präsident = Anführer einer Bande
- Riese = ein Tausender

Handzeichen

Mit diesen Zeichen teilst du anderen eine kurze Botschaft mit, ohne dabei ein Wort zu sagen. Diese Zeichen dürfen aber nicht zu auffällig sein!

Ja!

Nein!

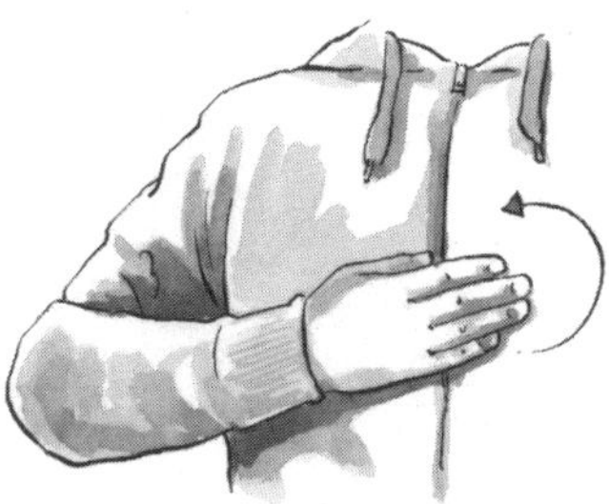
Gut!

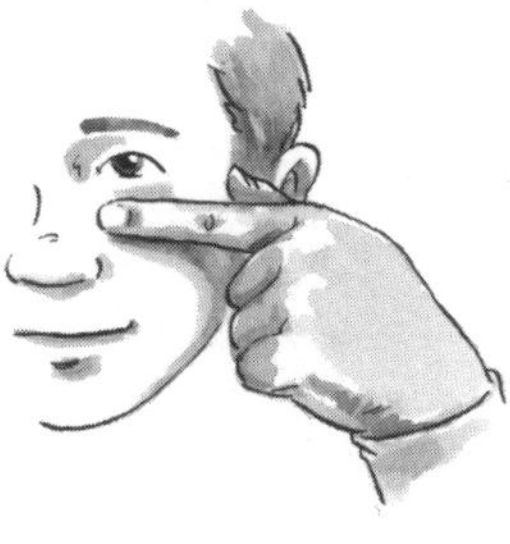
Schau dort!

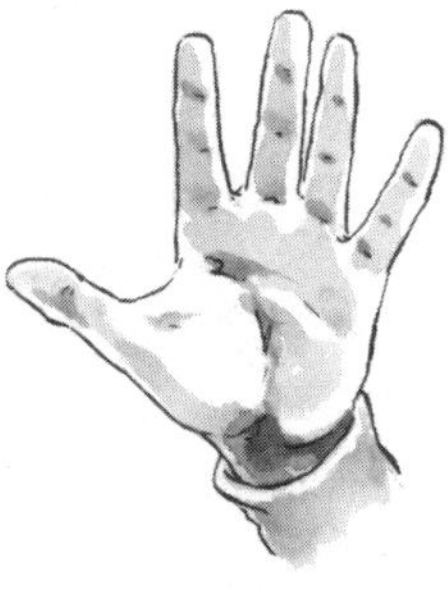
Alle!

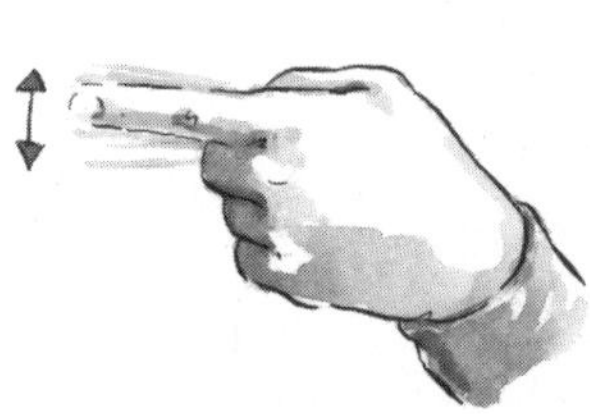
Angst!

Horch!

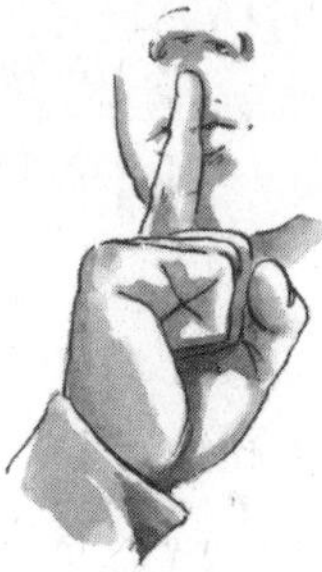

Ruhe!

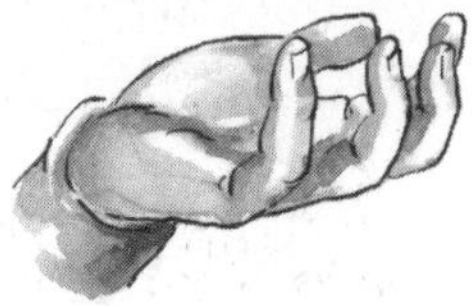

Feuer!

Erfinde weitere Zeichen. Wahrscheinlich benutzt du einige schon mit deinen Freunden.

Wie sehen deine Zeichen für folgende Mitteilungen aus?

- → Gehen wir nach Hause?
- → Ich will ein Eis!
- → größer
- → kleiner
- → nach links
- → nach rechts
- → Ich habe Hunger!

Briefmarkensprache

Schreib einen völlig unverdächtigen Brief an deinen Knickerbocker-Freund. Die geheime Botschaft teilst du ihm mit zwei Briefmarken mit, die du auf den Umschlag klebst. Je nachdem, wie du sie aufklebst, weiß dein Detektivkollege, was du ihm sagen willst.

Wir müssen uns treffen!

Komm zu mir!

Mir geht es schlecht!

Ich komme zu dir!

Wir haben ein Problem!

Wir müssen uns beratschlagen!

Ich kenne mich nicht aus,
muss etwas von dir wissen!

Geheimagentenzeichen

Du kannst allein mit deinen Händen und deiner Körperhaltung völlig unauffällige Zeichen geben. Deinem Kontaktmann kannst du auf diese Weise eine Botschaft schicken, von der niemand etwas bemerkt.

Ja!

Nein!

Vorsicht, Gefahr!

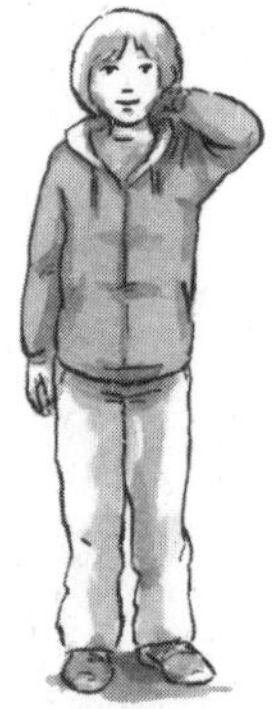

Vorsicht, Feinde um dich herum!

Wir treffen uns im Geheimversteck!

Niemand darf bemerken, dass wir zusammengehören!

Wir telefonieren später!

Ich muss dir etwas zeigen!

Ich gehe bald!

Achtung, man weiß, wer du bist!

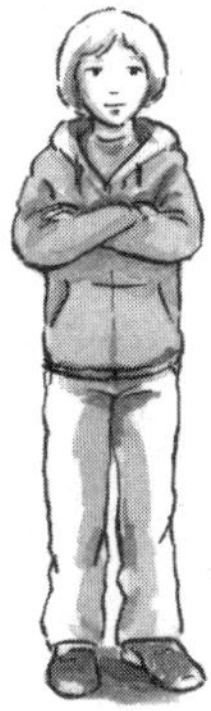

Ich muss dir eine Botschaft übergeben!

Ich bleibe nicht lange!

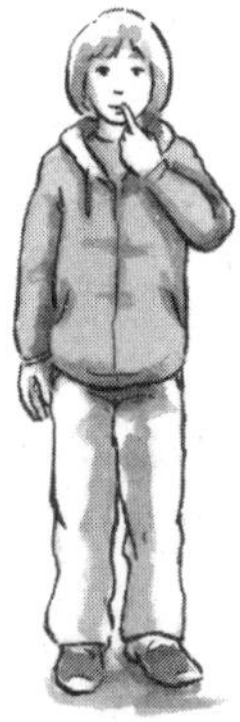

Komm mit!

Verschwinde besser!

Die Fingersprache der Taucher

Mehrere Male waren wir bei unseren Abenteuern und Fällen bereits tauchen. In einem Tauchkurs haben wir nicht nur den richtigen Umgang mit der Pressluftflasche, der Brille und den Flossen, sondern auch die Sprache der Taucher gelernt.

Die Zeichen sind einfach und leicht zu merken. Wir Detektive verwenden sie auch an Land.

Alles in Ordnung. Okay! Kein Problem!

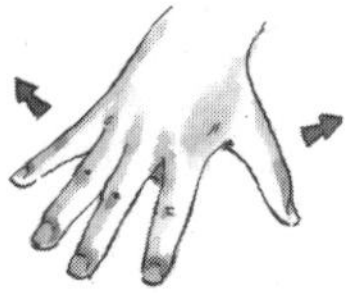

Hier stimmt etwas nicht! Ich habe kein gutes Gefühl.

Ich tauche auf. Das kann aber auch heißen: Los, tauch auf!

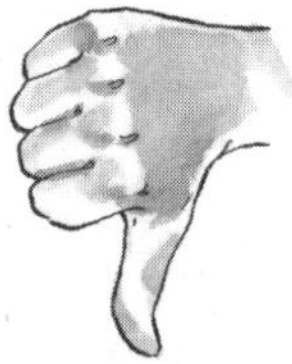

Ich tauche ab! Oder: Tauch ab!

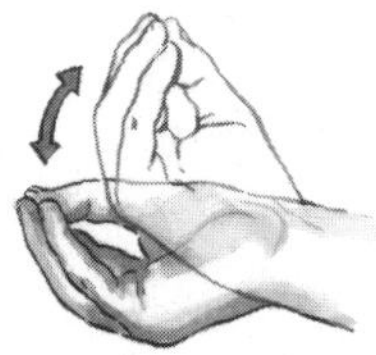

Nicht verstanden!

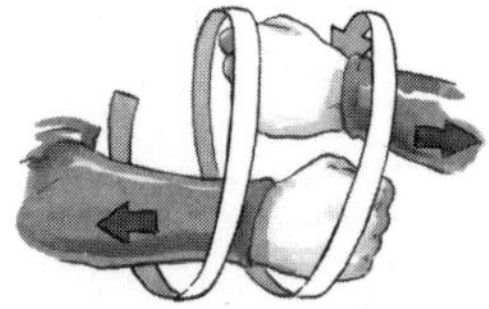

Festmachen! Anbinden!

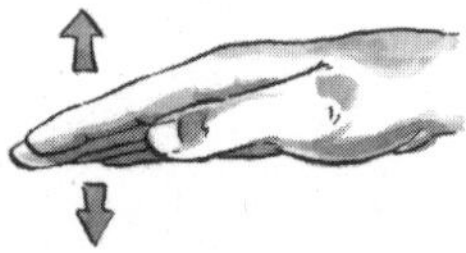

Langsam

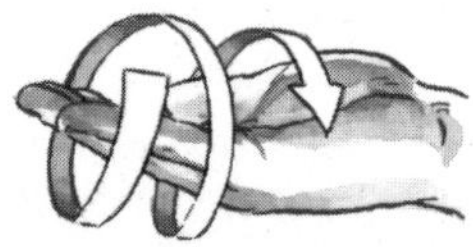

Schnell! Oder: Schneller!

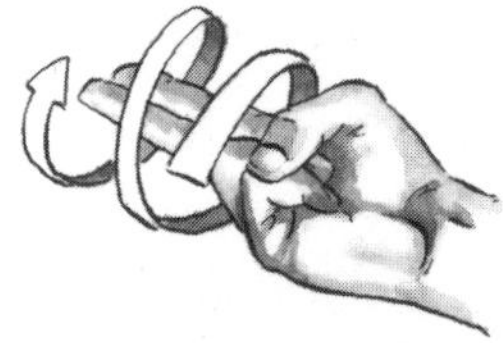

Mir ist schwindelig!

Ich!

Du!

Nein!

Halt! Vorsicht!
Achtung!

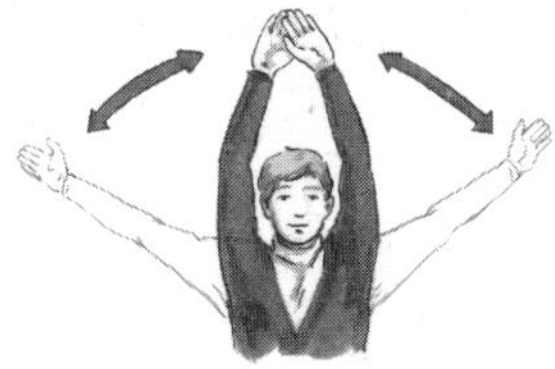

Notruf! Hilfe!
Ich bin in Gefahr!

Ich habe keine
Luft mehr!

Da!

Ich habe meine
Reserve geöffnet.

In diese Richtung!

Mach meine Reserve auf!
(Das ist so etwas wie der
Reservefallschirm bei Fall-
schirmspringern.)

Kommt alle zu mir! Wir
müssen uns versammeln
und etwas bereden.

Zeichen mit der Lampe unter Wasser, wenn du in der Nacht tauchst:

- ➔ Die Lampe kreisen: alles in Ordnung!
- ➔ Mit der Lampe Zickzackbewegungen machen: etwas stimmt nicht!

Das Flaggen-, das Morse- und das Fingeralphabet

Flaggenalphabet:

Mit zwei Fahnen kannst du Buchstaben, Wörter und natürlich auch ganze Sätze mitteilen. Die Fahnensprache eignet sich, um zum Beispiel von einem Berggipfel aus eine Nachricht ins Tal zu geben.

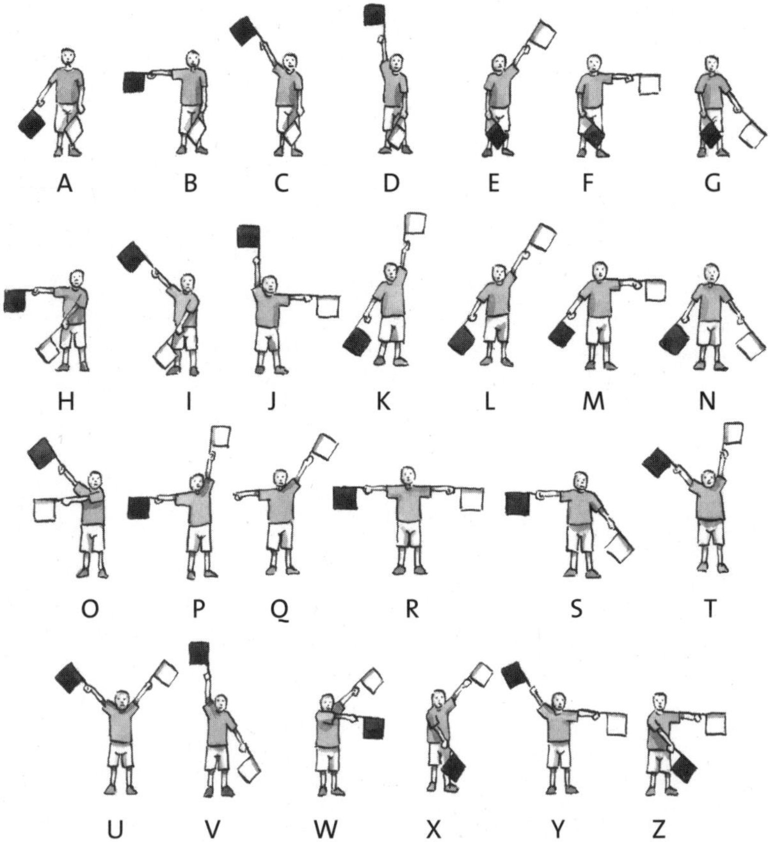

Morsealphabet:

Die Morsezeichen kannst du klopfen oder blinken. Du kannst zum Beispiel verträumt mit dem Bleistift auf den Tisch klopfen und dabei Botschaften übermitteln.

Fingeralphabet

Mit dem Fingeralphabet kannst du unter der Bank Worte bilden. Das hat sich schon oft bewährt.

Fingeralphabet mit zwei Händen:

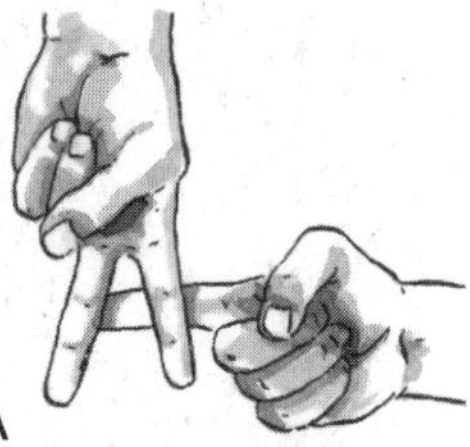
A

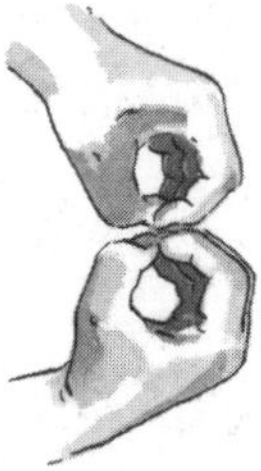
B

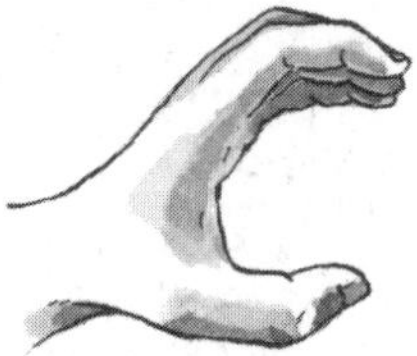
C

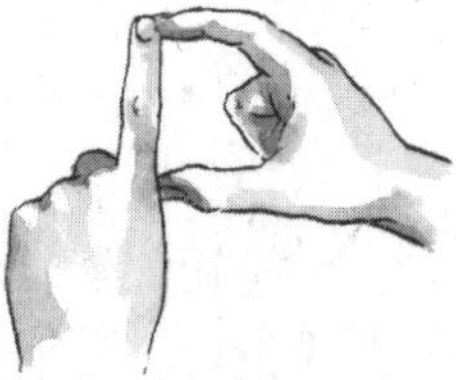
D

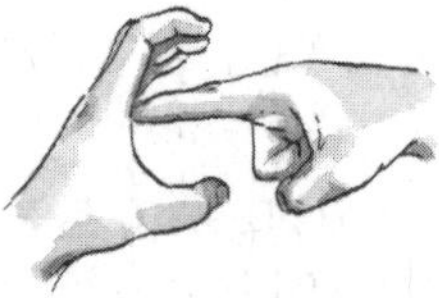
E

F

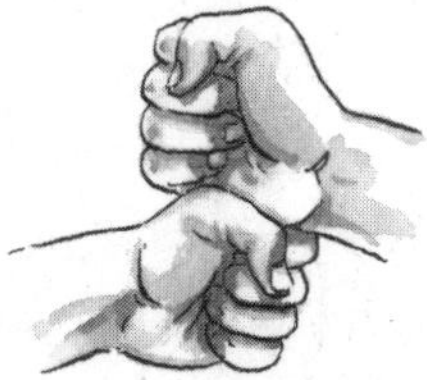
G

H

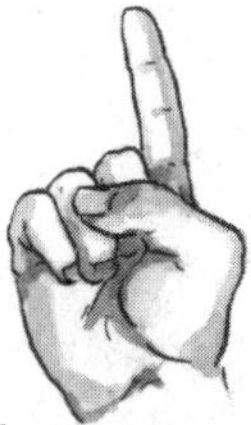
I

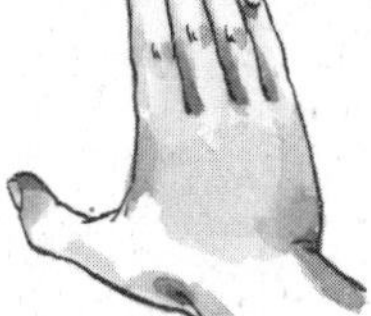
J

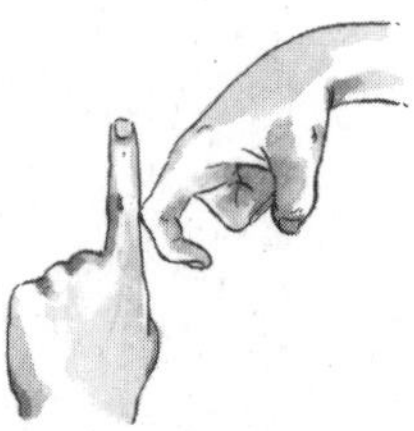
K

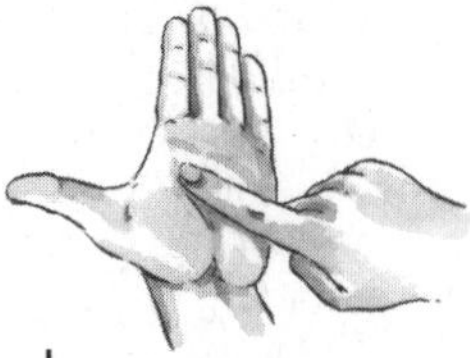
L

M

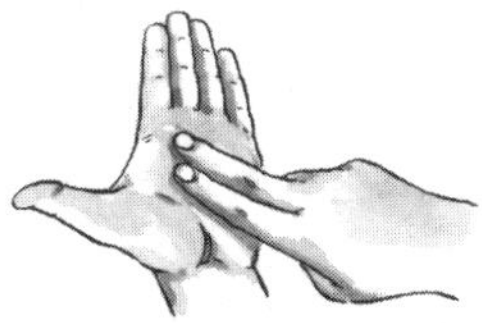
N

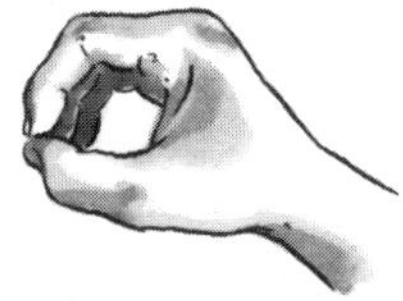
O

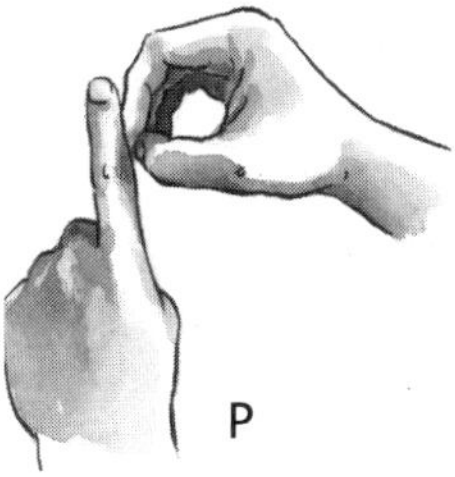
P

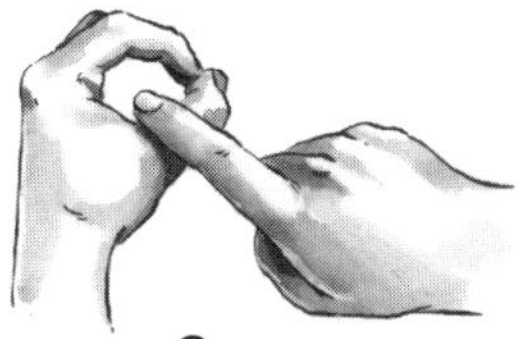
Q

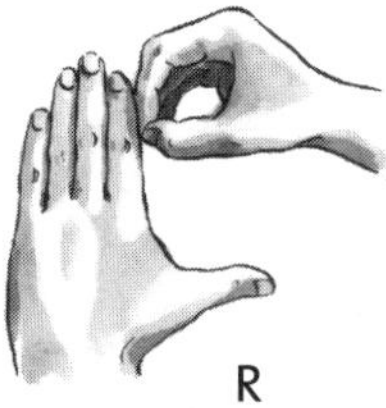
R

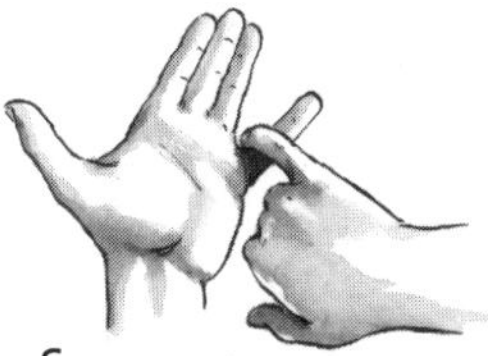
S

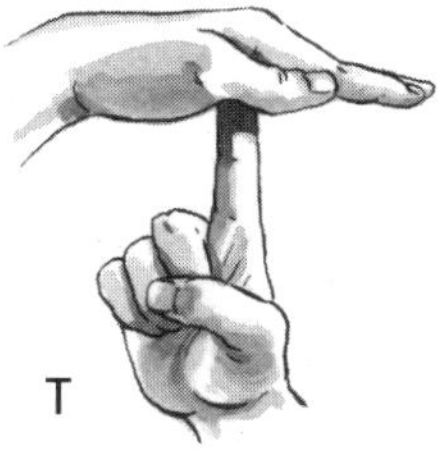
T

U

V

W

X

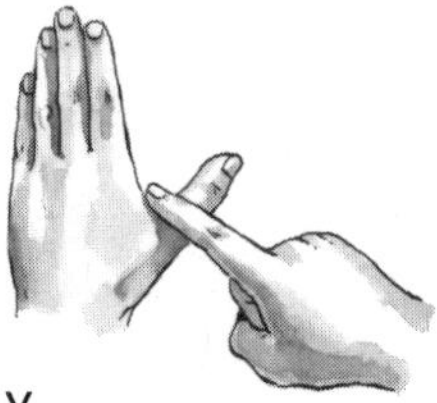
Y

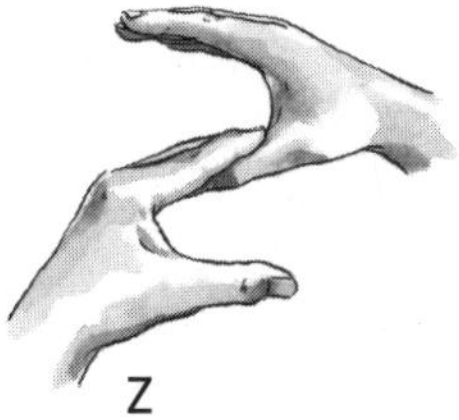
Z

Fingeralphabet mit einer Hand:

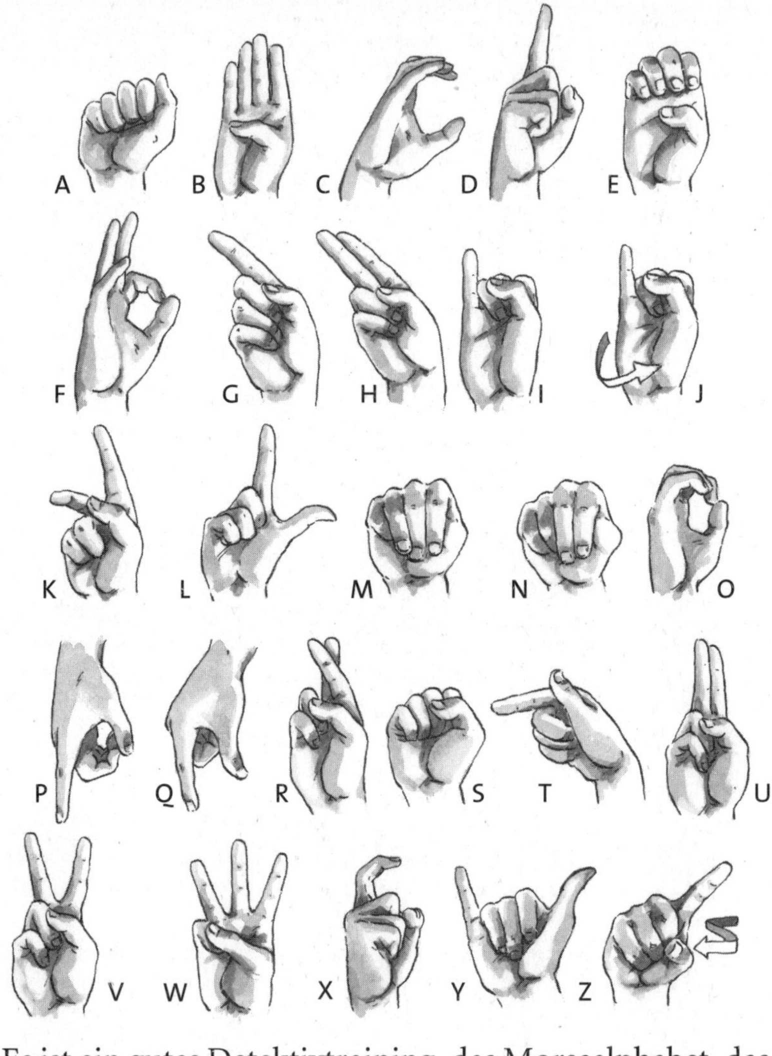

Es ist ein gutes Detektivtraining, das Morsealphabet, das Fingeralphabet und das Flaggenalphabet auswendig zu lernen.

Notrufsprache der Flieger

Erinnerst du dich an unser Abenteuer im Regenwald? Wir sind dort mit einem kleinen Flugzeug abgestürzt. Später hat uns ein Pilot erzählt, dass es Notrufzeichen gibt, die man nach einer Notlandung verwenden kann. Diese Zeichen werden mit Steinen gelegt und sollen so groß sein, dass sie auch aus der Luft erkannt werden können. Die Leute in den Suchflugzeugen erfahren auf diese Art, was los ist.

Hier die wichtigsten Zeichen:

Wir brauchen einen Arzt!

Wir brauchen Verpflegung!

Landung ist möglich!

Unser Flugzeug ist kaputt!

Nicht landen!

Ja!

Alles in Ordnung!

Nein!

Werft Karte und Kompass ab, wir finden unseren Weg!

Wir sind in diese Richtung gegangen!

Geheimzeichen beim Händeschütteln

Stell dir vor, du triffst einen Agenten, der auch in deiner Organisation arbeitet. Allerdings kennst du ihn nicht und hast keine Ahnung, wie er aussieht. Du weißt nur, dass als Treffpunkt eine Party vereinbart wurde.

Auf diesem Fest werden dir zehn Leute vorgestellt. Aber wer ist dein Verbindungsmann? Du erkennst ihn sofort, denn er schüttelt dir auf eine besondere Art die Hände.

Beispiele:

→ Du klappst den Daumen ein, wenn du deinem Gegenüber die Hand schüttelst. Tut der andere das auch, weißt du, mit wem du es zu tun hast. Alle übrigen Gäste werden dich nur für ein bisschen seltsam halten.

→ Du klopfst beim Händeschütteln mit der linken Hand dreimal auf den Arm des anderen. Macht er bei dir dasselbe, ist er dein Kollege.

→ Du ballst nach dem Händeschütteln die Hand zweimal zur Faust und schaust, ob der andere das auch macht.

Geheimsprachen

Wir Knickerbocker halten wenig von Geheimsprachen, bei denen Buchstaben eingefügt werden. Die „B"-Sprache ist zu bekannt und viele können sie verstehen. Der

Trick: Du sagst nach jedem A, E, I, O oder U ein B und wiederholst den Selbstlaut.

„Hallo, wie geht es dir?" heißt dann: „Haballobo wiebie gebeht ebes dibir?"

Wirklich sinnvoll sind nur geheime Sätze, die ausschließlich die Mitglieder deiner Bande verstehen. Mit diesen Sätzen kannst du die wichtigsten Botschaften überbringen, ohne dass andere etwas verstehen.

Hier einige Beispiele für Original-Knickerbocker-Geheimsätze:

➔ „Heute um 18.30 Uhr kommt ein Superfilm im Fernsehen!" – Das bedeutet: „Heute Treffpunkt 18.30 Uhr!"

➔ Sagst du dazu auch noch: „Der Film läuft in der ARD!", so bedeutet das: „Komm in unser Versteck im Keller!"

➔ Sagst du: „Der Film kommt im ZDF!", so heißt das: „Um 18.30 Uhr auf dem Dachboden."

Selbstverständlich müssen alle Bandenmitglieder über diese Geheimcodes informiert sein.

Und hier einige Beispiele für Mini-Geheimsprachen:

Wir benutzen gerne Mini-Zeichen wie „Na ja", „Äh", „Klar", „Mega" oder „Spitzenklasse". Damit es keine Verwechslungen gibt, hüsteln wir immer, bevor wir mit diesen Worten die Geheimbotschaft übermitteln.

Und das bedeuten bei uns diese Zeichen:

- ➔ „Na ja“ = „Treffen im Geheimversteck!“
- ➔ „Äh“ = „Vorsicht, Feind hört mit!“
- ➔ „Klar“ = „Ich habe etwas herausgefunden!“
- ➔ „Mega“ = „Gefahr!“
- ➔ „Spitzenklasse“ = „Wir müssen uns an einem anderen Ort treffen.“

Achtung: Niemals das Hüsteln vergessen, sonst gibt es Missverständnisse und große Verwirrung!

Der Uhrzeit-Trick

Du willst deinem Bandenkumpel sagen, wann ihr euch am Nachmittag trefft. Damit keiner von dieser Verabredung erfährt, gehst du zu ihm und sagst: „Wie spät ist es denn? Meine Uhr hat irgendetwas. Sie ist um halb vier stehen geblieben.“

Schon ist alles klar! Der Treffpunkt ist um halb vier.

Singen und pfeifen

Die „Top Ten“-Songs im Radio sind bestens geeignet für geheime Absprachen. Diese Zeichen müsst ihr aber alle paar Wochen ändern.

Wählt eure Tophits aus und verabredet, was die Melodien bedeuten.

Du kannst dann die Songs singen oder pfeifen und keiner wird daran etwas verdächtig finden.

Sprechende Kugelschreiber

Axel weiß sofort, was Lilo ihm sagen will. Dabei haben die beiden kein Wort miteinander gesprochen. Lilo hat ihrem Freund auch keine Handzeichen gegeben. Wie haben sie sich verständigt?
Die Antwort: mit drei Kugelschreibern!

Du brauchst:

➔ drei verschiedene Kugelschreiber und einen Gummiring

So geht's:

Mit dieser „Sprache" kannst du nur einfache Botschaften übermitteln. Etwa „Vorsicht", „Komm ins Geheimversteck" und „Geheimbotschaft an der üblichen Übergabestelle. Bitte abholen".
Jeder Kugelschreiber bedeutet etwas.

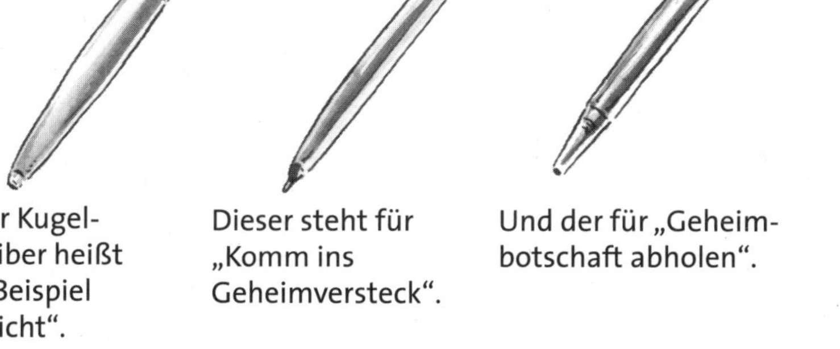

Dieser Kugelschreiber heißt zum Beispiel „Vorsicht".

Dieser steht für „Komm ins Geheimversteck".

Und der für „Geheimbotschaft abholen".

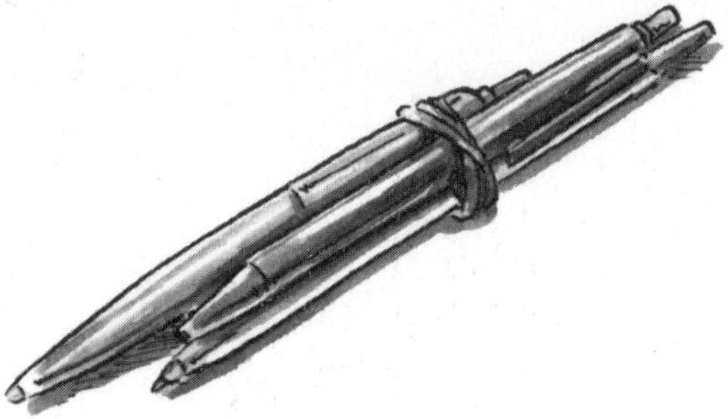

Du legst die Kulis zusammen und wickelst einen Gummiring darum. Der Kugelschreiber, der „sprechen“ soll, ragt über die anderen. Achtung: Der Gummiring muss straff anliegen, damit sich die Stifte nicht verschieben und vielleicht eine falsche Nachricht weitergeben.

Das Flieger-Alphabet

Wenn man ein Wort buchstabieren will, sagt man nicht nur die einzelnen Buchstaben. Es könnte nämlich Verwechslungen bei „E“, „G“, „D“ und weiteren ähnlich klingenden Buchstaben geben. Deshalb wird für jeden Buchstaben ein Wort gesagt, das mit diesem Buchstaben beginnt. Am Telefon wird unser Name zum Beispiel oft so buchstabiert:
Konrad, **N**ordpol, **I**da, **C**äsar, **K**onrad, **E**mil, **R**ichard, **B**erta, **O**tto, **C**aesar, **K**onrad, **E**mil, **R**ichard.

In der Luftfahrt wird auf der ganzen Welt mit denselben Begriffen buchstabiert:

A = Alpha
B = Bravo
C = Charlie
D = Delta
E = Echo
F = Foxtrott (ein Tanz)
G = Golf
H = Hotel
I = India
J = Juliette (der Name „Julia“ auf Französisch)
K = Kilo
L = Lima (die Hauptstadt von Peru)
M = Mike
N = November
O = Oscar
P = Papa
Q = Quebec (eine Stadt in Kanada)
R = Romeo
S = Sierra (Bezeichnung für einen Gebirgszug)
T = Tango (ein Tanz)
U = Uniform
V = Victor
W = Whiskey
X = X-Ray (die englische Bezeichnung für Röntgenstrahlen)
Y = Yankee (Spitzname für die Amerikaner)
Z = Zulu (Angehöriger eines Stammes in Südafrika)

Flaggensprache bei Autorennen

Die Farbe der Fahne sagt dem Rennfahrer, was los ist. Die Flagge ist ein Zeichen, das er schnell erkennen kann. Hier sind die wichtigsten Signale:

- → Flagge in den Nationalfarben = Start des Rennens
- → Gelbe Fahne = Gefahr auf der Piste
- → Gelbe Fahne geschwenkt = vorne große Gefahr
- → Blaue Fahne = ein Gegner kommt immer näher
- → Blaue Fahne geschwenkt = überholen lassen
- → Rote Fahne = anhalten, Rennen wird unterbrochen
- → Gelb-rot gestreifte Fahne = Öl auf der Piste, Vorsicht!
- → Weiße Flagge = Helferfahrzeug auf der Piste
- → Schwarz-weiß gewürfelte Fahne = Ende des Rennens

Blitzbotschaft

Keiner – außer dir und deinen Freunden – kann sie entschlüsseln und sie ist blitzschnell geschrieben.

Beispiel:

Du willst diese Botschaft verschlüsseln: „Heute um sieben treffen." Schreib sie so:

H	E	U	T
E	U	M	S
I	E	B	E
N	T	R	E
F	F	E	N

Zum Verschlüsseln schreib die untereinanderstehenden Buchstaben nebeneinander:

H	E	I	N	F
E	U	E	T	F
U	M	B	R	E
T	S	E	E	N

Wer die Botschaft entschlüsseln will, muss die Buchstaben von oben nach unten lesen.

Linealbotschaft

„Voter ross etlen chuk daix icl hub."
Was denkst du dir, wenn du diese Nachricht erhältst? Wahrscheinlich: Häääää? Was soll das heißen?
Auch diese Mini-Botschaft kannst du schnell schreiben und verschlüsseln.

Du brauchst:

→ ein Lineal

So geht's:

Lege das Lineal auf ein Stück Papier und markiere die Null mit einem deutlichen Strich.
Die Buchstaben deiner Botschaft schreibst du genau auf die Zentimetermarken.

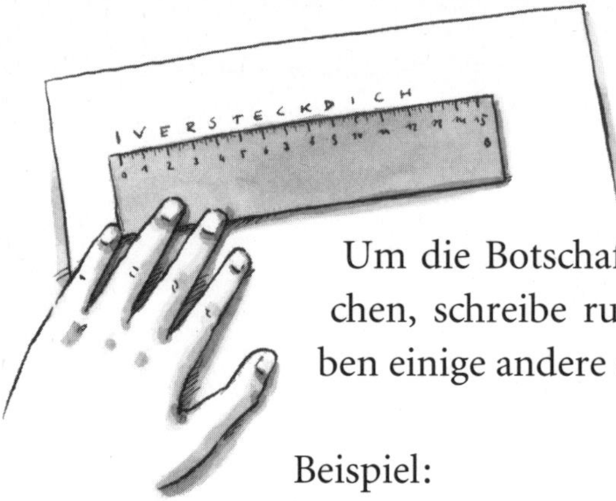

Beispiel:
„Versteck dich"

Um die Botschaft unleserlich zu machen, schreibe rund um die Buchstaben einige andere dazu.

Beispiel:
„Voter ross etlen chuk daix icl hub"

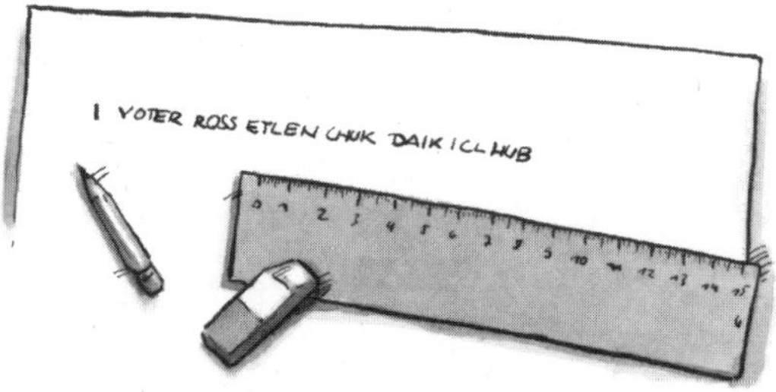

Wenn dein Freund diese Nachricht erhält, muss er nur sein Lineal so anlegen, dass sich die Null beim großen Strich befindet. Danach liest er die Buchstaben bei den Zentimetermarken und hat die Botschaft entschlüsselt.

Die karierte Geheimbotschaft

Wer findet schon ein kariertes Blatt Papier mit ein paar Sternchen darauf verdächtig? Bestimmt niemand. Dabei enthält es eine wichtige Nachricht.

Du brauchst:

→ kariertes Papier (es sollte mindestens 26 Kästchen breit sein)

→ Karton

So geht's:

→ Kleb eine Reihe von 26 Kästchen auf ein Stück Karton. Damit ist das Ver- und Entschlüsseln einfacher.

→ Schreib in jedes Kästchen einen Buchstaben (in der Reihenfolge des Alphabets).

→ Leg den Karton mit den Buchstaben so an, dass sich das A unter dem äußersten Kästchen am linken Rand befindet.

→ Mach nun einen Stern in das Kästchen über dem ersten Buchstaben deiner Botschaft.

→ Danach rutsch eine Zeile tiefer und mache dort einen Stern über dem zweiten Buchstaben der Nachricht.

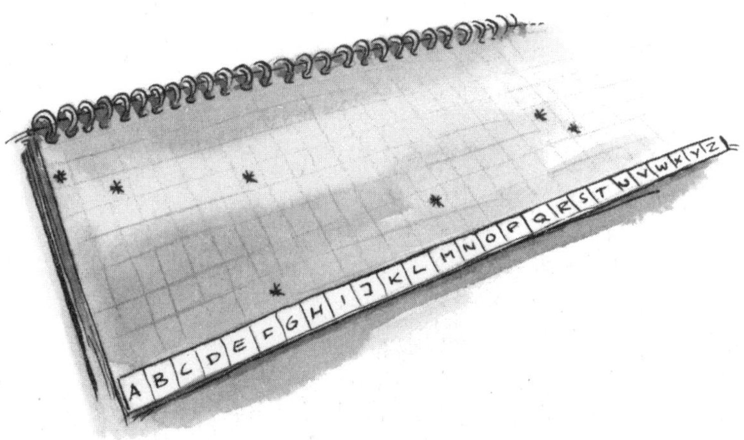

Das Entschlüsseln funktioniert genauso. Buchstabenleiste oben anlegen und Zeile für Zeile tiefer rutschen. So kannst du Buchstabe für Buchstabe lesen und die Botschaft entschlüsseln.

Knickerbocker-Tipp

Wir notieren die Buchstaben immer gleich am Rand des Papiers. Vorsicht: Die entschlüsselte Geheimbotschaft nach dem Lesen sofort vernichten!

Rätselhafte Nummern

Wir finden, das ist ein Supercode! Bisher ist es keinem gelungen, ihn zu entschlüsseln. Leider dauert es ziemlich lange, eine Botschaft im Nummerncode zu schreiben.
So sieht sie aus: 145723 68 143 215754 2157543.
Das bedeutet „Hilfe“.

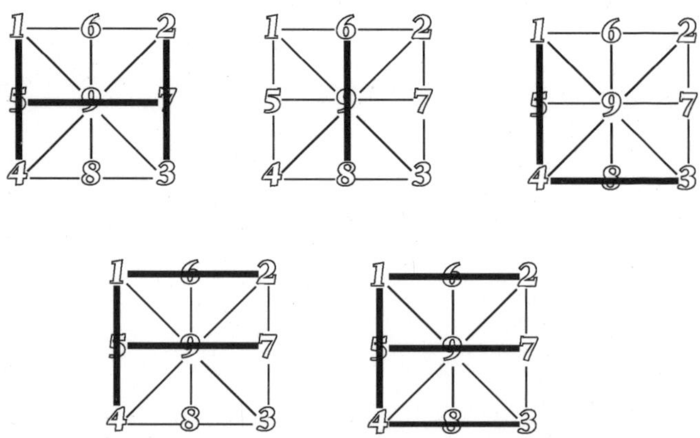

Du brauchst:

➔ nur diese Vorlage:

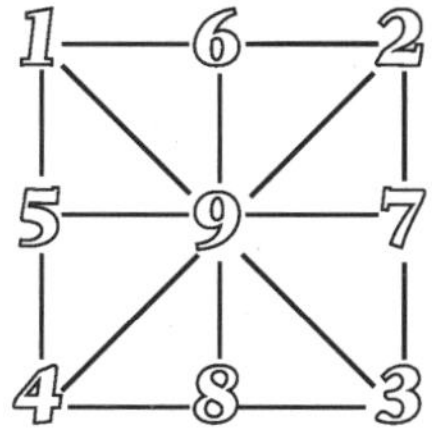

So geht's:

Du gibst mit der Reihenfolge der Zahlen an, wie der entsprechende Buchstabe geschrieben wird. Es ist das Prinzip von „Malen nach Zahlen".

Verbinde die entsprechenden Ziffern und sie ergeben den Buchstaben.

Wir geben die Buchstaben immer so an, dass sie mit einem durchgehenden Strich geschrieben werden können. Beispiel für das K: 6929398.

Die Einkaufsliste

Wer kommt auf die Idee, dass eine Einkaufsliste eine geheime Botschaft enthält?

So geht's:

Die Ziffern sagen dir, welcher Buchstabe des folgenden Wortes wichtig für die Geheimbotschaft ist.

(Lösung: Treff.)

Der Kartentrick

Dein Knickerbocker-Freund erhält ein Päckchen Spielkarten. Sie sehen völlig harmlos und wirklich überhaupt nicht verdächtig aus. Trotzdem enthalten sie eine Nachricht.

Du brauchst:

→ ein altes Kartenspiel

So geht's:

→ Ordne die Spielkarten nach Herz, Kreuz, Pik und Karo. Jede Farbe wird außerdem geordnet nach Ass, König, Dame, Bube, Zehn, Neun, Acht, Sieben, Sechs, Fünf, Vier, Drei, Zwei.

→ Zuoberst liegt immer das Ass, zuunterst die Zwei.

→ Die vier Päckchen liegen in dieser Reihenfolge übereinander:

- Herz
- Pik
- Karo
- Kreuz

→ Die Botschaft schreibst du mit einem Bleistift auf die Seitenkanten des gesamten Päckchens. Wenn du fertig bist, mischst du die Karten sehr gut durch.

Dein Freund muss sie nur in dieselbe Reihenfolge bringen und kann dann die Nachricht entziffern.

Wichtig: Die Rückseite der Karten muss ein Muster haben, bei dem du oben und unten unterscheiden kannst. Alle Karten müssen in gleicher Richtung liegen, sonst ist das Entziffern sehr mühsam.

Die Geheimschriftscheibe

Dieser Trick ist alt, aber noch immer super!

Du brauchst:

→ eine Kopie der Scheiben auf Seite 112 (du kannst sie aber auch abzeichnen)

→ Karton

→ Schere, Klebstoff

→ Briefklammer (wie du sie zum Verschließen von Briefumschlägen verwendest)

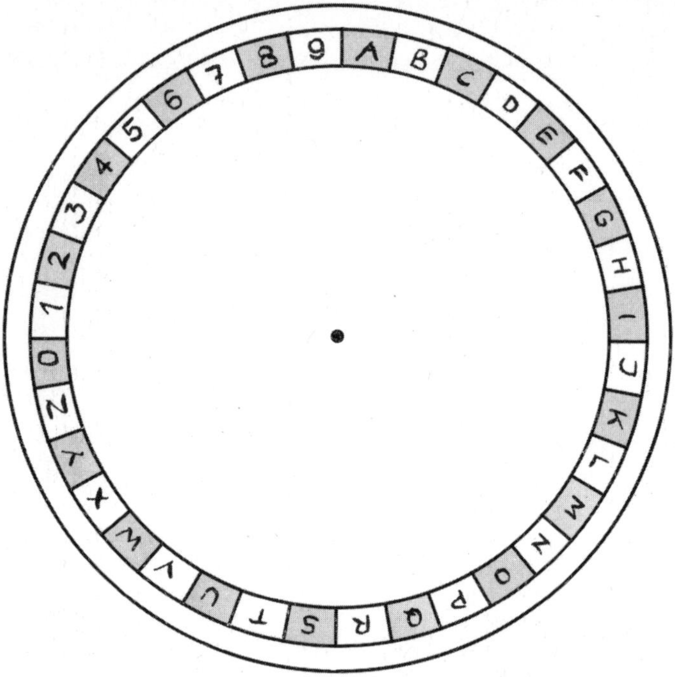
8
9
A
B
C
D
E
F
G
H
I
J
K
L
M
N
O
P
Q
R
S
T
U
V
W
X
Y
Z
0
1
2
3
4
5
6
7

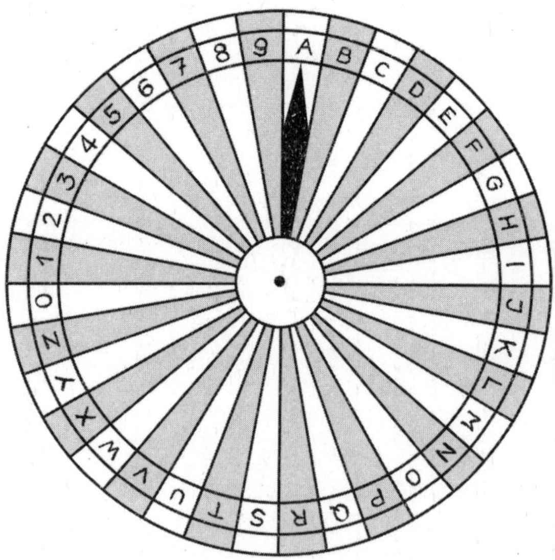
8
9
A
B
C
D
E
F
G
H
I
J
K
L
M
N
O
P
Q
R
S
T
U
V
W
X
Y
Z
0
1
2
3
4
5
6
7

So wird's gemacht:

→ Klebe die Scheiben auf Karton und schneide sie aus.

→ In jede Scheibe bohrst du in der Mitte ein Loch. Leg die kleine Scheibe auf die große und stecke dann die Briefklammer durch. Jetzt kannst du die kleine Scheibe drehen.

So geht's:

→ Die innere Scheibe zeigt dir die Buchstaben deines unverschlüsselten Textes. Die äußere Scheibe die Buchstaben deines verschlüsselten Textes.

→ Willst du beispielsweise das Wort „Treffpunkt" codieren, bestimmst du, dass das T in deiner Geheimbotschaft ein E sein soll. Also drehst du das T der kleinen Scheibe bis zum E der großen Scheibe.

→ Dann schiebst du eine Büroklammer vom äußeren Rand über die beiden Scheiben, damit sie sich nicht mehr verschieben können.

→ Codiert sieht „Treffpunkt" jetzt so aus: ECZ00AF85E.

→ Damit deine Freunde deine Botschaft auch lesen können, müssen sie die gleichen Scheiben haben. Teile ihnen mit, wie du verschlüsselt hast: Beginne das erste codierte Wort mit dem Codebuchstaben für A, in unserem Fall ist das das V. Bei deinen Freunden muss also das V der großen Scheibe über dem A der kleinen Scheibe stehen.

→ Schon können sie deine Botschaft lesen.

Das Geheimschriftgitter

So sieht die verschlüsselte Botschaft aus. Um sie zu schreiben oder zu entziffern, brauchst du das Geheimschriftgitter, das schnell und einfach zu basteln ist.

N	U	U	K	Z	S
O	U	M	M	T	Z
W	R	M	E	S	M
F	E	M	I	O	E
E	R	H	F	U	E
G	H	N	A	E	R

Du brauchst:

- ➔ Karton
- ➔ eine spitze Schere
- ➔ ein Lineal
- ➔ einen Bleistift

So wird's gemacht:

1

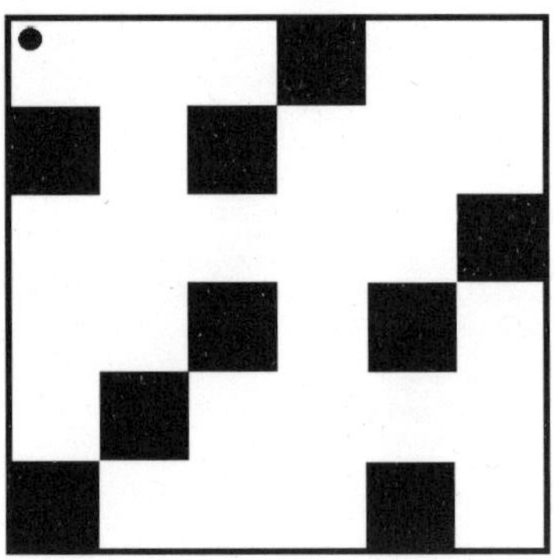

Zeichne dieses Gitter (siehe 1) ab oder fotokopiere es. Klebe das Papier auf dünnen Karton und schneide alle Kästchen aus, die schwarz eingefärbt sind.

2

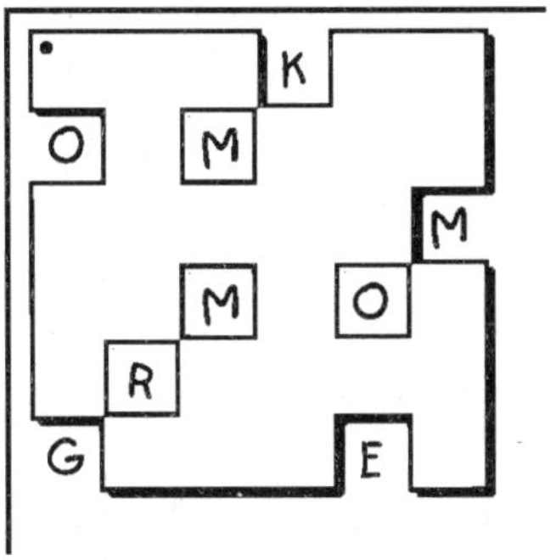

3

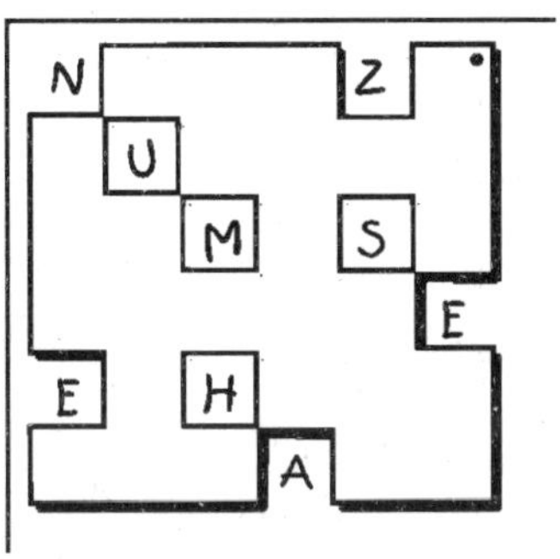

4

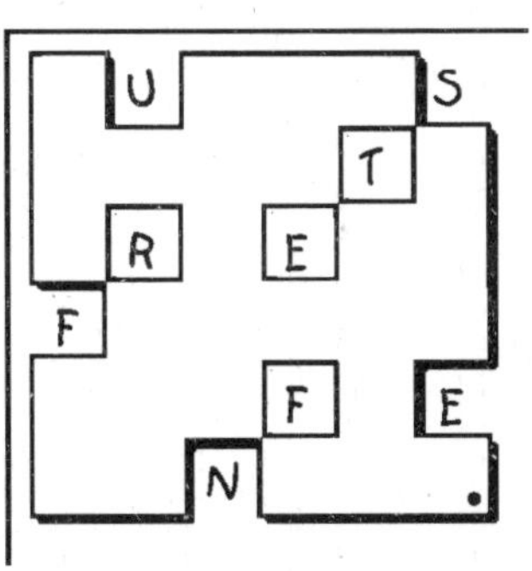

Um eine Botschaft zu verfassen, legst du das Gitter am besten in die linke obere Ecke eines Blattes. Der Punkt ist ebenfalls links oben.
Schreibe einen Buchstaben nach dem anderen von oben nach unten durch die offenen Kästchen auf das Papier (siehe 2).

Wenn du beim letzten Kästchen angekommen bist, drehst du das Gitter im Uhrzeigersinn um 90 Grad weiter (siehe 3).

Schon kannst du mit dem Schreiben der Botschaft fortfahren (siehe 4).

5

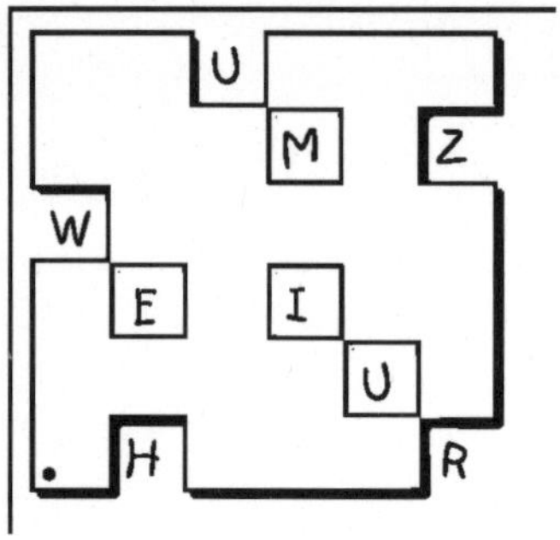

Nach dem letzten Kästchen wieder um 90 Grad drehen und dann noch einmal (siehe 5).

Hebst du das Gitter danach weg, siehst du diesen Buchstabenblock (siehe 6).
Zum Entziffern Gitter auflegen und darauf achten, dass der Punkt links oben ist. Lesen und weiterdrehen!

6

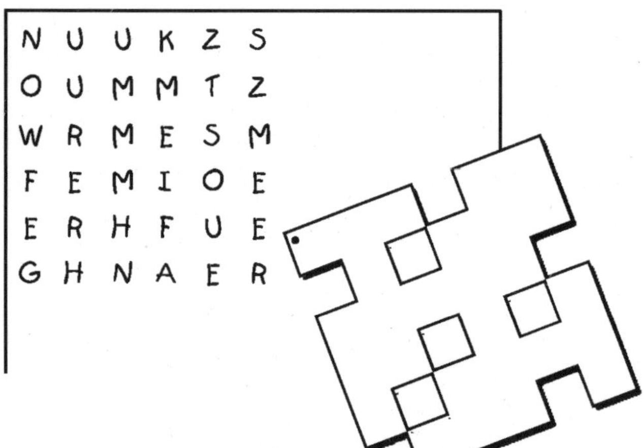

Knickerbocker-Tipp

Wir machen Dinge wie das Geheimschriftgitter immer für uns vier, damit jeder auch bestimmt das gleiche hat!

Geheimschrift-Computer

Mit ein bisschen Übung ist das Geheimbriefschreiben auf einer normalen Computertastatur überhaupt kein Problem.

Wir Knickerbocker schlagen immer den Buchstaben an, der links neben der richtigen Taste liegt. Schaue dir eine Computertastatur an. Das Wort „Hund“ heißt dann: „Gzbs“.

Bei den Tasten am linken Rand (das sind die Buchstaben Q, A, Y) nehmen wir die Tasten auf der rechten Seite (Ü, Ä, M).

Zum Entschlüsseln muss der Empfänger nur die Botschaft abtippen, aber natürlich nicht die angegebenen Buchstaben. Er muss immer die Taste rechts neben dem Geheimbriefbuchstaben anschlagen.

Geheimtinte

Der Trick ist einfach: Du schreibst mit einer Flüssigkeit, die nach dem Trocknen unsichtbar ist. Nur wer den Kniff kennt, kann sie sichtbar machen. Wichtig ist, dass du auf weißes, saugfähiges Papier schreibst. Auf glattem Papier bleibt die Geheimbotschaft nämlich lesbar!
Hier die besten Geheimtinten:

Zitronensaft

➔ Zitrone auspressen und den Saft durch eine Kaffeefiltertüte laufen lassen.

➔ Wenn diese Tinte später erwärmt wird, erscheint sie braun.

Essig

➔ Am besten geeignet ist weißer Essig.

➔ Er wird beim Erwärmen rötlich.

Milch

➔ Wichtig ist, dass du den „Milchbrief" lange trocknen lässt. Du solltest beim Schreiben daher nicht unter Zeitdruck stehen!

➔ Sichtbar wird die Schrift ebenfalls beim Erwärmen. Sie erscheint bräunlich.

Zwiebelsaft

➔ Die Herstellung dieser Tinte ist nicht so einfach. Außerdem reizt Zwiebelsaft die Augen und dir können die Tränen kommen. Das haben Zwiebeln leider so an sich.

➔ Am besten ist es, eine Zwiebel mit einer Küchenreibe zu Brei zu verarbeiten.

➔ Diesen Brei gib in ein Teesieb und drücke mit einem Löffel den Saft heraus.

➔ Wird „Zwiebeltinte" später erwärmt, erscheint sie schwarz.

Wie schreibt man am besten mit diesen Tinten?

Wir Knickerbocker füllen die Tinten in leere Patronen von Füllern ein, die wir vorher sehr gründlich ausgespült haben.

Es gibt einen tollen Trick, wie du die Geheimtinte am besten in die Patronen füllen kannst. Frag doch bei deiner nächsten Impfung den Arzt, ob er dir die Spritze mitgibt. Natürlich ohne Nadel! Damit ist es ganz einfach, die Geheimtinte in die Patronen zu bringen.

Zum Schreiben kannst du auch einen sauberen Tuschpinsel, eine Schreibfeder oder einen Zahnstocher verwenden.

Wichtig:

➔ Nie zu fest aufdrücken, damit die Geheimnachricht bestimmt geheim bleibt.

➔ Noch unauffälliger ist es, die Botschaft zwischen die Zeilen eines harmlos wirkenden Briefes zu schreiben.

➔ Nie mit einem Löschblatt trocknen, da die Tinte sonst im Löschpapier und nicht auf dem Schreibpapier ist!

➔ Die Briefe immer gut trocknen lassen. Das dauert mindestens eine Stunde.

Wie macht man Geheimtinte sichtbar?

➔ Wie du weißt, musst du die Tinte erwärmen.

➔ Halte sie zum Beispiel an eine heiße Glühbirne oder einen warmen Heizkörper.

➔ Du kannst die Geheimnachricht aber auch über einer heißen Herdplatte oder mithilfe eines Bügeleisens lesbar machen. Aber Vorsicht! Nimm nur die niedrigste Einstellung!

➔ Du kannst den Zettel im Backofen erhitzen. Die beste Temperatur ist ungefähr 180 Grad.

➔ Vorsicht mit brennenden Kerzen! Über ihrer Flamme fängt ein Zettel schnell Feuer! Außerdem wird die Geheimbotschaft nicht deutlich lesbar.

Wachsstift

Du brauchst:

➔ ein möglichst spitzes Stück Wachs einer weißen Kerze

So geht's:

➔ Du schreibst deine Nachricht mit dem Wachsstift auf weißes Papier.

➔ Willst du die Nachricht sichtbar machen, streu etwas Kakao oder Bleistiftpulver darauf. Ein bisschen reiben und schon kannst du die Buchstaben erkennen.

➔ Das überschüssige Pulver bläst du vorsichtig weg.

Wasserschrift

Diesen Geheimbrief kannst du ohne Tinte schreiben. Du brauchst dazu nur zwei Blatt weißes Papier, einen Spiegel und Wasser!

So geht's:

➔ Zuerst tauchst du ein Blatt Papier ins Wasser. Danach legst du es auf eine sehr glatte Fläche. Am besten eignet sich dafür eine Glasplatte oder ein Spiegel.

➔ Streiche das nasse Blatt glatt.

➔ Leg ein trockenes Stück Papier darauf. Schreib deine Nachricht mit Bleistift oder Kugelschreiber darauf.

➔ Das trockene Blatt abziehen und vernichten. Vorsicht, nicht nur zerknüllen und in einen Papierkorb werfen!

➔ Das nasse Papier trocknen lassen, fertig! Das Blatt sieht völlig harmlos aus.

➔ Wenn du den Brief lesen möchtest, musst du das Blatt in Wasser tauchen. Schon erscheint die Schrift.

Knickerbocker-Tipp

Ein weißes Blatt Papier ist verdächtig. Es liegt der Verdacht nahe, dass es eine geheime Botschaft enthält, wenn du es einfach nur so verschickst. Wir schreiben deshalb mit Kugelschreiber auf die obere Hälfte irgendeine unwichtige Mitteilung. Die untere, weiße Hälfte verwenden wir für die Wasserschrift.

Die Faltbotschaft

Jeder Nicht-Detektiv wird denken, dass er das Gekritzel eines Wirrkopfes vor sich hat. Ein Knickerbocker-Meisterdetektiv hingegen kann die Nachricht lesen.

Du brauchst:

➔ einen Papierstreifen und einen Kugelschreiber

So geht's:

➔ Falte das Papier so:

➔ Schreib die Buchstaben der Nachricht genau auf die Falzstellen.

➔ Zieh die Botschaft auseinander und male andere Striche dazwischen. Du kannst auch die halben Buchstaben etwas verändern, aber nur auf der Seite, die später durch die Faltung abgedeckt ist. Fertig!

➔ Dein Kollege muss den Brief nur richtig falten und schon kann er ihn lesen.

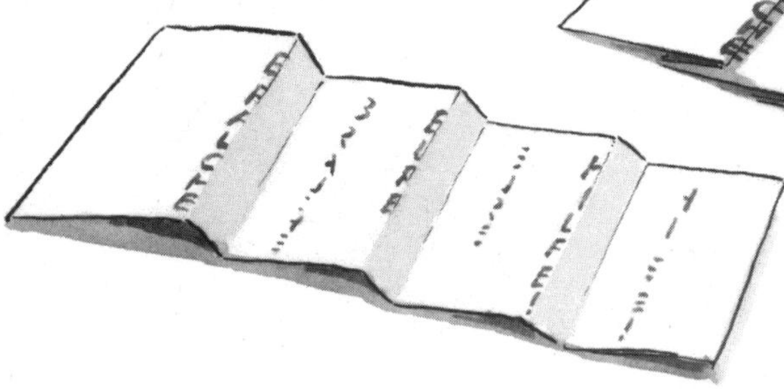

Das Agenten-Ei

Wir haben gehört, dass diesen Trick Agenten bereits vor 50 Jahren angewendet haben. Wer eine Botschaft auf diese Art erhält, wird seinen Augen kaum trauen.

Stell dir vor, du pellst dein Frühstücksei und plötzlich erscheint auf dem Eiweiß die Nachricht: „Heute 17 Uhr im Keller!“ Besser kann man eine geheime Nachricht eigentlich gar nicht verstecken, oder?

Du brauchst:

→ ein rohes Ei
→ Alaunpulver (bekommst du in der Apotheke)
→ einen halben Liter Essig
→ einen Zahnstocher

So wird's gemacht:

Die Tinte wird aus Essig und Alaunpulver hergestellt. Vermische beides gut.

So geht's:

Mit einem Zahnstocher schreibst du deine Nachricht auf die Schale eines rohen Eis. Nach dem Trocknen ist die Tinte unsichtbar.

Wird das Ei gekocht, wandert die Botschaft durch die Eierschale und verfärbt das Eiweiß. Von außen sieht das Ei völlig unverdächtig aus! *Essen solltest du es aber jetzt nicht mehr …*

Bücherbotschaften

Für geheime Nachrichten sind Bücher bestens geeignet. Der Vorteil: Diese Botschaften sind schnell gemacht!

Du brauchst:

➔ zwei völlig gleiche Bücher (sie sollen nicht nur denselben Titel haben, sondern aus demselben Jahr sein und aus derselben Auflage), ein Buch hast du, das andere dein Knickerbocker-Freund.

So geht's:

➔ *Trick 1:* Dein Freund erhält einen Zettel mit folgenden Aufzeichnungen: 22.19 67.45 98.26 7.9 56.33.

➔ Das bedeutet: Schau auf Seite 22, such dort das 19. Wort.

➔ Blättre nun zur Seite 67, nimm das 45. Wort und so weiter.

➔ Diese Wörter ergeben eine Nachricht, zum Beispiel: „Vorsicht, wir sind verraten worden!"

➔ *Trick 2:* Leg einen dünnen weißen Zettel auf eine Buchseite. Markiere auf diesem Zettel den ersten und den letzten Buchstaben der Seite mit einem schwarzen Punkt.

➔ Die Botschaft schreibst du so: Du kreist auf deinem Zettel jeden Buchstaben ein, den du für die Nachricht brauchst. Einen nach dem anderen. Vergiss nicht, auf dem Zettel ganz unten zu notieren, welche Buchseite du benutzt hast.

→ Dein Freund erhält nur den Zettel mit diesen Markierungen. Dann muss er das Blatt in seinem Buch auf die gleiche Seite legen. Damit es genau richtig liegt, hat er die schwarzen Punkte, die ihm die Position des ersten und des letzten Buchstabens anzeigen. Nun liest er einen eingeringelten Buchstaben nach dem anderen und erfährt, was du ihm mitteilen willst.

Geheimzeichen

Fäden mit Knoten:

Auf deinem Tisch liegt ein Faden mit zwei Knoten. Keiner beachtet ihn. Du weißt aber, was er bedeutet. Die Knoten sind ein Geheimzeichen. Hat der Faden zum Beispiel zwei Knoten, dann lautet die Botschaft: „Treffpunkt um zwei Uhr!“ Jeder Knoten bedeutet eine Stunde am Nachmittag.

Büroklammer-Sprache:
Auf deinem Hemdkragen, deiner Brusttasche oder in deinem Knopfloch steckt eine einfarbige Büroklammer. Deine Detektiv-Freunde wissen, was die verschiedenen Farben bedeuten:

➔ Rot = Muss dich dringend sprechen.
➔ Gelb = Sei vorsichtig!
➔ Grün = Alles okay!

Wo befördert man Geheimbotschaften?

Auf keinen Fall in einer Tasche, in der Hand oder in einer Mappe. Dies sind einige Möglichkeiten, die wir Knickerbocker dir sehr empfehlen können:

➔ Kappe: Axel transportiert geheime Nachrichten innen in seiner Baseballkappe. Viele seiner Kappen haben ein Band an der Innenseite. Dahinter ist Platz für einen kleinen Zettel.
➔ Hose oder Jacke: In der Hosenstulpe oder in einem aufgekrempelten Ärmel.

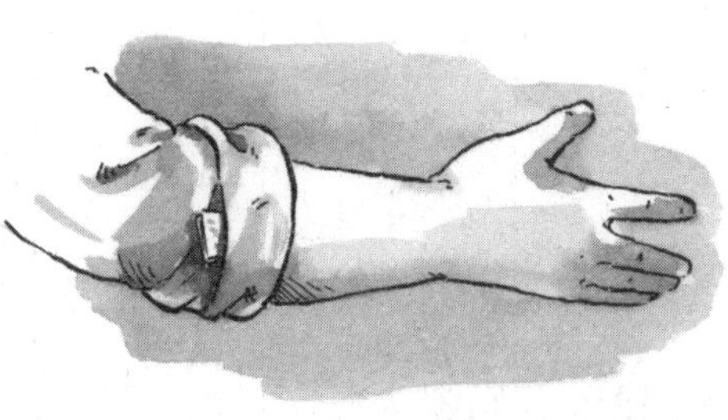

➔ Pflaster: Der Heftpflastertrick funktioniert auch hier (siehe Seite 66). Falte den Brief sehr klein zusammen und presse ihn flach. Nun legst du ihn unter ein großes Heftpflaster direkt auf deine Haut und klebst ihn fest. Keiner bemerkt etwas.

➔ Schuh: Leg eine zusätzliche Sohle in den Schuh. Sie darf dich beim Gehen aber nicht behindern. Darunter ist Platz für kleine Briefe. Lass sie aber nicht zu lange unter der Sohle – Stinkgefahr!

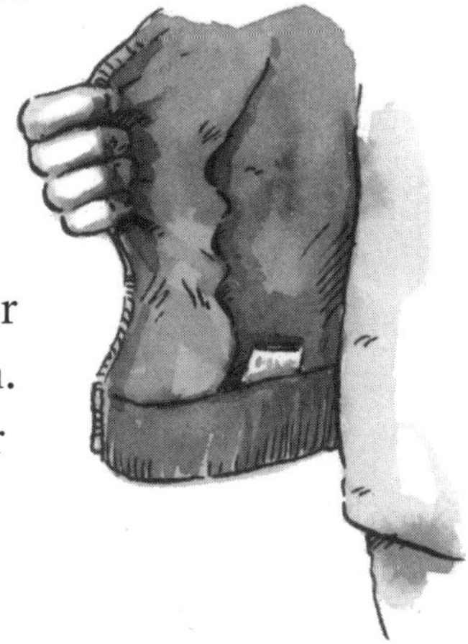

➔ Geheimtasche: Du kannst dir auch eine Geheimtasche in die Innenseite deiner Jacke nähen, lass dir doch von deiner Mutter dabei helfen. Oder du trennst vorsichtig das Futter ein bisschen auf. Brief hineinstecken, fertig!

Wie übergibt man Geheimbotschaften?

Lilo: „Ich finde den Mauertrick spitze. Ich schreibe auf graues Papier und rolle meine geheimen Briefchen immer klein zusammen. Diese Röllchen stecke ich unauffällig in die Ritzen von Mauern. Dabei tu ich meistens so, als würde ich lesen. Mit der rechten Hand stütze ich mich dabei gegen die Mauer und stopfe die Botschaft zwischen die Ziegel."

Axel: „Poppi, Lilo und ich besuchen dieselbe Bibliothek. Wenn ich eine Nachricht für Lilo habe, lege ich sie in den Band des Lexikons mit dem Buchstaben L. Ist sie für Poppi, kommt der Zettel in den P-Band.

Per Telefon oder Handy teilen wir uns mit, dass es ‚höchste Zeit ist, im Lexikon nachzusehen'. Dann gehen wir in die Bücherei und holen die Geheimbriefe."

Knickerbocker-Tipp

Diese Briefe sollten immer verschlüsselt sein. Sicher ist sicher!

Poppi: „Ich mag vor allem den ‚Onkel-Klaus-Trick'. Onkel Klaus ist ein Papierkorb im Park. Manchmal hinterlässt Dominik auf dem Schulweg dort eine Nachricht für mich. In der Schule sagt er dann ganz zufällig: ‚Onkel Klaus hat wieder ein neues Stück in seiner Sammlung!' Das bedeutet: ‚Eine Nachricht ist für dich im Papierkorb!' Ich hole sie auf dem Nachhauseweg ab."

Knickerbocker-Tipp

Geheimbotschaften für „Onkel Klaus" kannst du zum Beispiel auch auf einen alten Pappbecher kritzeln, auf Schokoladenpapier oder eine Pommestüte schreiben.

Dominik: „Ich bevorzuge den ‚Taschentuch-Trick'. Auf diese Weise kann man Geheimbotschaften am schnellsten übergeben. Ich stelle mich zum Beispiel zu Lilo und kratze mich an der Nase. Für sie ist das ein Zeichen, laut zu niesen. Hilfsbereit ziehe ich dann ein Papiertaschentuch heraus und reiche es ihr. Lilo schnäuzt sich zum Schein und steckt das Taschentuch ein. Meine Nachricht an sie steht auf der Innenseite. Ich habe sie mit weichem Bleistift geschrieben."

Weitere Tipps:

➔ Kleb die Botschaft an die Unterseite eines Tisches.

➔ Befestige die Geheimbotschaft hinter einem Zettel, der auf dem Schwarzen Brett in der Schule oder im Hausflur hängt.

➔ Leg einen Zettel in die kleine Werkzeugtasche am Fahrradsattel.

➔ Steck die Botschaft in ein Geheimfach der Schultasche.

➔ Leg sie in den Schuh deines Freundes in der Garderobe der Sporthalle.

Wichtig:

Vereinbare mit deinen Detektiv-Freunden Codes für die unterschiedlichen Verstecke. Zum Beispiel bedeuten rote Filzstiftstriche auf deinem Daumen: „Botschaft ist an der Unterseite meines Schulpultes. Holt sie von dort." Jeder andere wird denken, du hast nicht aufgepasst und dir beim Zeichnen aus Versehen deine Finger bemalt.

Knickerbocker-Super-Tipp

Verschicke einen normalen Brief. Schreib die eigentliche Geheimbotschaft mit hartem Bleistift in winzigen Buchstaben – zur Sicherheit codiert – auf den Umschlag, dort wo die Marke hingeklebt wird. Wenn du die Marke aufklebst, ist die Botschaft verdeckt. Schick den Brief ab.

Dein Freund muss nur die obere Ecke des Briefes abschneiden und in eine Schale mit warmem Wasser legen. Die Marke wird sich ablösen und darunter kommt die Nachricht zum Vorschein. Selbstklebende Briefmarken ziehst du vorsichtig mit dem Fingernagel ab.

Der Papierschlangen-Brief

Fällt dieser Brief deinen Gegnern in die Hände, werden sie gar nichts damit anfangen können. (Es sei denn, sie haben das Geheimbuch auch gelesen.) Auf dem Papier stehen nur Buchstaben, die aber keinen Sinn ergeben.

Du brauchst:

→ einen Bleistift
→ eine Papierschlange (von Fasching)

So geht's:

→ Du wickelst die Papierschlange vorsichtig auf den Bleistift. Eine Windung soll neben der anderen liegen.

➔ Klebe die Enden mit einem Stück Klebeband fest.
➔ Mit Kugelschreiber schreibst du jetzt die Botschaft auf das aufgerollte Papier.
➔ Danach löse die Papierschlange vorsichtig wieder ab.
➔ Wer die Nachricht lesen will, muss sie wieder auf einen Bleistift wickeln.

Der Trick mit dem Punkt

Hier ein Knickerbocker-Mega-Spitzen-Trick. Sehr kurze geheime Nachrichten kannst du auf diese Weise übermitteln:

Schreibe einen harmlos wirkenden Brief, in dem du von deinen Erlebnissen in den Ferien erzählst. Der Trick liegt in den Punkten am Ende der Sätze. Du machst mit einem gespitzten, harten Bleistift einen winzigen Buchstaben, der ohne Lupe wie ein Punkt aussieht. Mit einer Lupe können deine Freunde aber diese Buchstaben lesen und die Botschaft entziffern.

Spione können in einem einzigen Punkt sogar ganze Briefe verstecken. Sie lassen dazu die Nachricht immer weiter verkleinern. Es gibt heute technische Verfahren, die das möglich machen. Schließlich ist ihr Brief nur noch ein Punkt. Zu lesen ist er unter einem besonderen Mikroskop oder nachdem er wieder vergrößert wurde. Cool, oder nicht?

Wie entschlüsselt man fremde Geheimbotschaften?

Die wichtigsten Tricks:

➔ Wenn dir eine Geheimbotschaft in die Hände fällt, schau sie genau an. Die Zeichen können für Buchstaben oder ganze Wörter stehen.

➔ Gleiche Zeichen bedeuten auch gleiche Buchstaben. In jedem Text gibt es besonders viele E. Besonders häufig sind sonst noch das S, das H und das T.

➔ Suche nach Zeichen, die sehr oft vorkommen. Versuche sie als E, H oder T zu übersetzen.

➔ Kannst du Abstände zwischen den Zeichen erkennen? Das bedeutet, dass die Zeichen ein Wort ergeben.

➔ Versuche zuerst, alle besonders kurzen Wörter zu entschlüsseln. Sie sind oft der Weg zu längeren Begriffen.

➔ Wenn du einen Buchstaben entschlüsselt hast, setze ihn sofort im ganzen Text ein.

Natürlich ist es sehr schwierig, einen Code zu knacken. Du brauchst dazu viel Zeit und Geduld. Heute werden zum Entschlüsseln Computer eingesetzt, die dafür aber auch eine Weile benötigen.

SPUREN

Spuren sichern

Spuren sind:

→ Wollfasern oder Fäden
→ Lacksplitter
→ ein verlorener Kugelschreiber
→ ein Feuerzeug
→ ein Schuhabdruck
→ Fingerabdrücke
→ eine gebrauchte Fahrkarte
→ Haare
→ ein Knopf
→ Reifenspuren
→ Zigarettenkippen
→ ein Zettel mit Handschrift
→ Lippenstift am Glas
→ Bissspuren in Schokolade

So sicherst du Spuren:

→ Alles, was du findest, betrachte genau mit der Lupe und prüfe es. Dann stecke den Fund mit einer Pinzette in eine kleine Plastiktüte oder einen Papierumschlag.

→ Beschrifte jedes Fundstück:
- Wo gefunden?
- Wann gefunden?
- Verdacht?

Fingerabdrücke

Auf der ganzen Welt gibt es niemals zwei Menschen, die dieselben Fingerabdrücke haben. Deshalb ist der Fingerabdruck einer der besten Beweise, um einen Gauner zu überführen!

Du brauchst:

→ einen weichen Pinsel
→ Fingerabdruck-Pulver
→ Klebeband
→ kleine weiße oder schwarze Karten (aus Tonpapier)

Das Fingerabdruck-Pulver:

Es gibt drei Arten dieses Pulvers:

→ Nimm sehr feinen Körperpuder dafür (und zwar weißes Pulver).

→ Kaufe in einem Bastel- oder Bürobedarfsladen Zeichenkohle und zerreibe sie mithilfe von Sandpapier zu feinem Pulver (schwarzes Pulver).

→ Reibe eine Bleistiftmine auf Sandpapier zu feinem Pulver (graues Pulver).

So geht's:

1. Dieses Pulver füllst du vorsichtig in ein kleines Säckchen, ein leeres Röhrchen von einer Parfümprobe oder eine Schachtel. Aber Vorsicht: Das dunkle Pulver lässt sich kaum mehr aus der Wäsche entfernen!

2. Von allen glatten Flächen kannst du damit gut Fingerabdrücke abnehmen.
Du tupfst das Pulver vorsichtig mit dem Pinsel auf die Fläche, bis der Fingerabdruck sichtbar wird. Blase die überflüssigen Reste weg.

3. Dann nimmst du einen Klebestreifen und drückst ihn – mit der Klebeseite nach unten – darauf. Gut festreiben, am besten mit dem Fingernagel.
4. Wenn du den Klebestreifen abziehst, ist der Fingerabdruck darauf festgehalten.
5. Kleb den Streifen mit dem Abdruck nun auf die Karte. (Die Fingerabdrücke, die du mit weißem Pulver abgenommen hast, gehören auf eine schwarze, die anderen auf eine weiße Karte.)

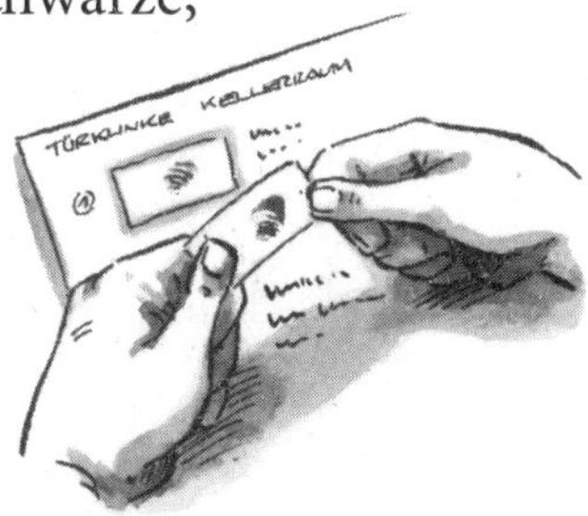

6. Vergiss nicht, die Karte gut zu beschriften! Jetzt kannst du den Fingerabdruck unter der Lupe genau betrachten.
7. Lege eine richtige Kartei an.

Natürlich kannst du auch von jedem deiner Freunde Fingerabdrücke abnehmen und eine Kartei anlegen. Dafür eignet sich aber besser abwaschbare Stempelfarbe: Finger in das Stempelkissen drücken, danach auf Papier abrollen und du hast einen klaren Fingerabdruck.

Wie findet man Fingerabdrücke am Tatort?

Die wichtigsten Tipps:

➔ Superwichtig: Fass nichts an, sonst hinterlässt auch du Fingerabdrücke! Denk daran, wenn du durch eine Tür gehen musst. Öffne sie mit dem Ellbogen.

➔ Handschuhe zu tragen ist gut. Aber Vorsicht, du kannst damit die Fingerabdrücke des Täters verwischen!

➔ Durchsuch den Tatort, indem du ihn Schritt für Schritt abgehst. Prüfe alle Gegenstände und Möbelstücke genau. Kannst du Fingerabdrücke vielleicht sogar mit bloßem Auge erkennen?

➔ Wenn nicht, dann frage dich, was der Täter angefasst haben könnte! Untersuche die möglichen Dinge.

➔ Mach dir Notizen, wo du später mit deinem Fingerabdruck-Pulver Spuren sicherstellen willst.

Plätze, an denen Fingerabdrücke gut feststellbar und oft zu finden sind:

➔ Fenster – prüfe den Fensterrahmen und das Glas. Ist der Täter durch das Fenster eingestiegen? Hat er vielleicht unvorsichtigerweise etwas mit bloßen Händen berührt?

➔ Lackierte Möbelstücke, Metalloberflächen (zum Beispiel Autos), Tische mit Glasplatten und glatte Bilderrahmen

→ Vasen, Teller und Flaschen
→ Schatullen
→ wertvolle Papiere

So fasst du Sachen an, ohne sie zu berühren:
→ Verwende immer eine Pinzette, um kleine Dinge aufzuheben.

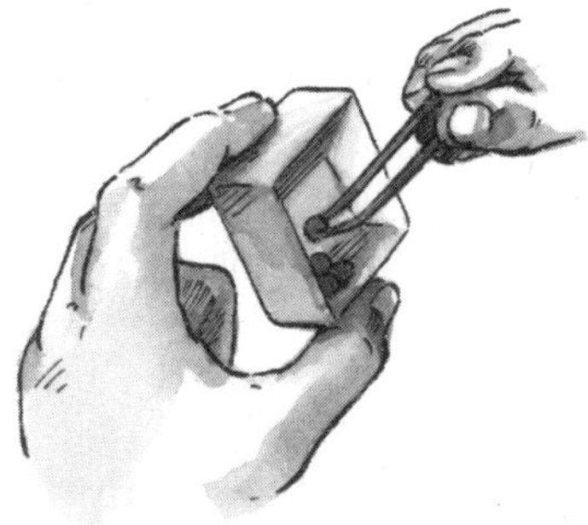

→ Wenn du die Außenseite eines Glases untersuchen möchtest, stecke deine Finger hinein, spreiz sie und du kannst das Glas aufheben.

→ Schubladen kannst du mithilfe von Bleistiften aufziehen.

→ Schiebefenster lassen sich mit Linealen hinauf- und hinunterschieben.

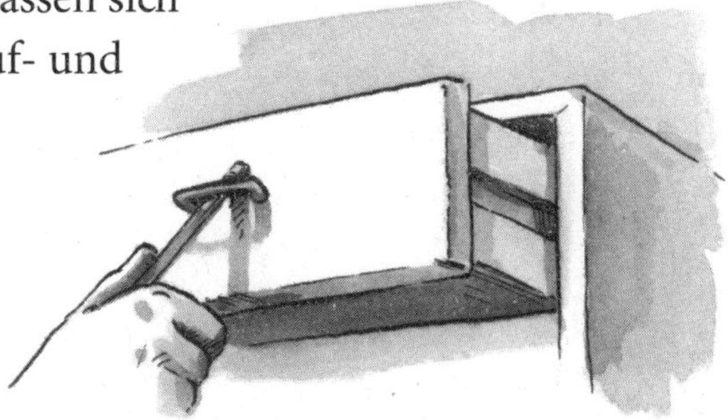

Untersuchung von Fingerabdrücken

Hier siehst du einige Beispiele, wie Fingerabdrücke aussehen können. Wir zeigen dir die wichtigsten Formen, die bei den meisten Menschen vorkommen. Selbstverständlich sind sie aber immer unterschiedlich groß und nie haargenau gleich.

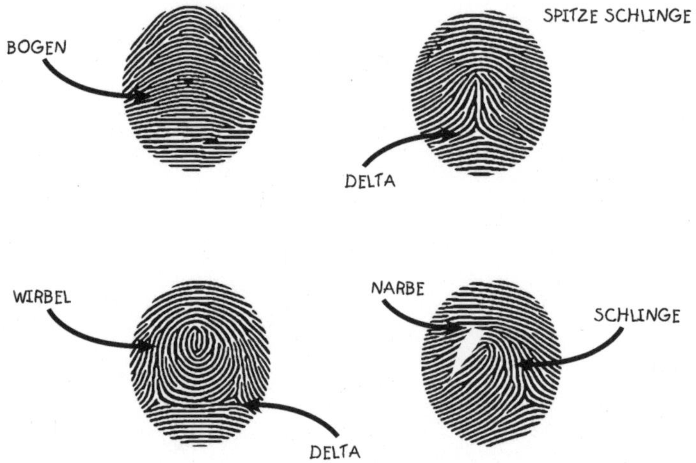

Wenn du den Fingerabdruck eines Verdächtigen mit dem Abdruck vergleichst, der am Tatort gefunden wurde, solltest du mindestens vier Übereinstimmungen finden. Vorher kannst du kaum sagen, dass die beiden Abdrücke wirklich von der gleichen Person stammen. Die Gefahr ist zu groß, vielleicht einen Unschuldigen zu verdächtigen. Spezialisten arbeiten mit Computerprogrammen, die Abdrücke speichern und sie sekundenschnell untereinander vergleichen können.

FUSSSPUREN

Wir haben viele verschiedene Fußspuren von Menschen und Tieren gesammelt und aufgezeichnet.

Normale Fußspur eines Menschen beim ruhigen Gehen

Eine Laufspur

Jemand geht mit einem Stock

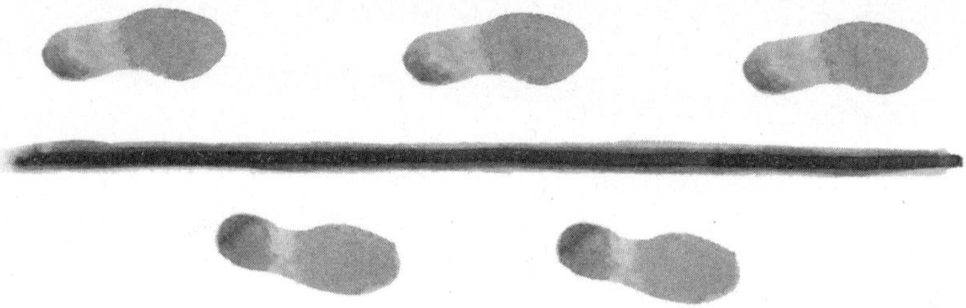

Jemand schiebt eine Schubkarre

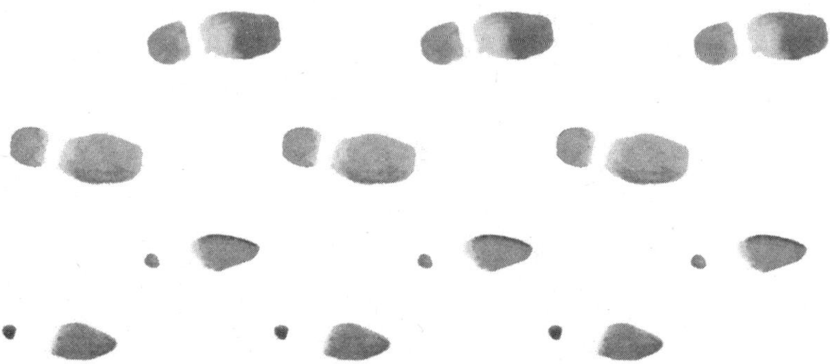

Ein Mann und eine Frau gehen nebeneinander

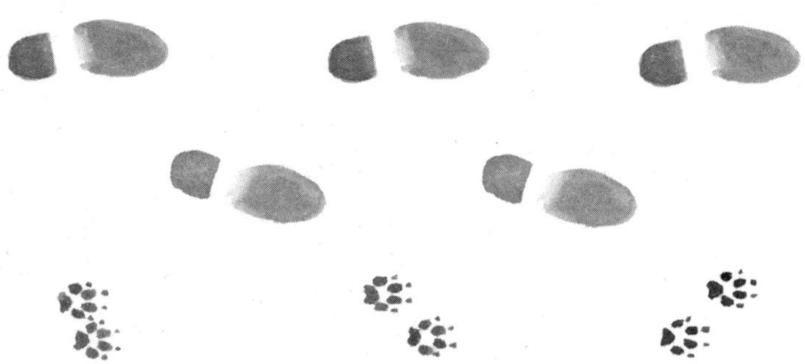

Eine Person mit einem Hund

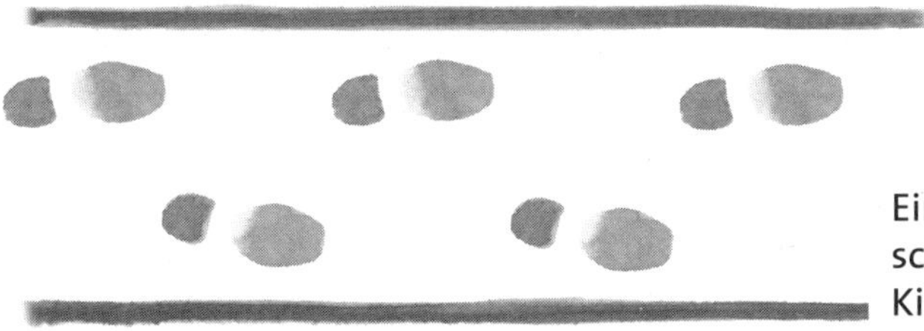

Eine Person schiebt einen Kinderwagen

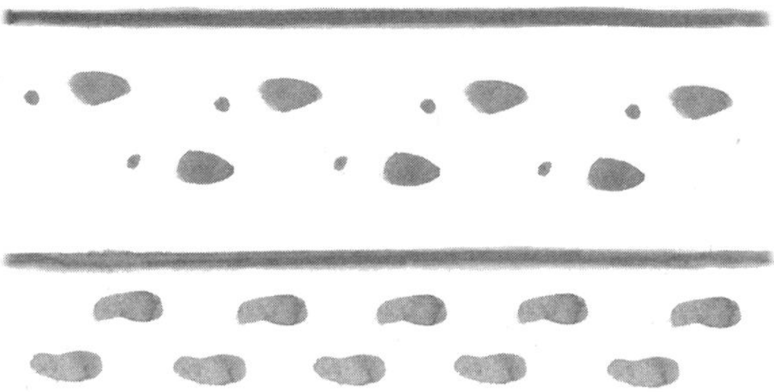

Eine Frau schiebt einen Kinderwagen und hat noch ein Kind bei sich

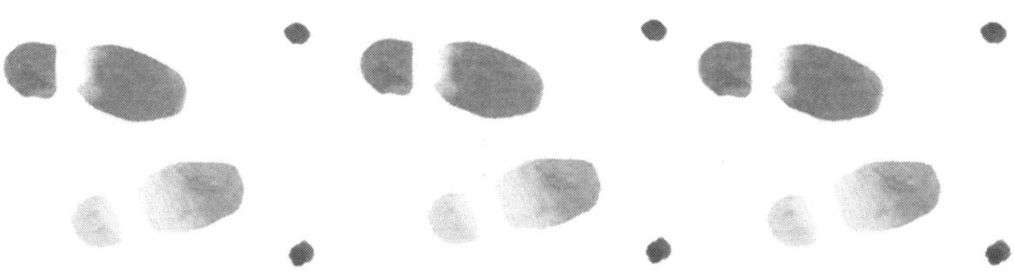

Jemand geht mit Krücken

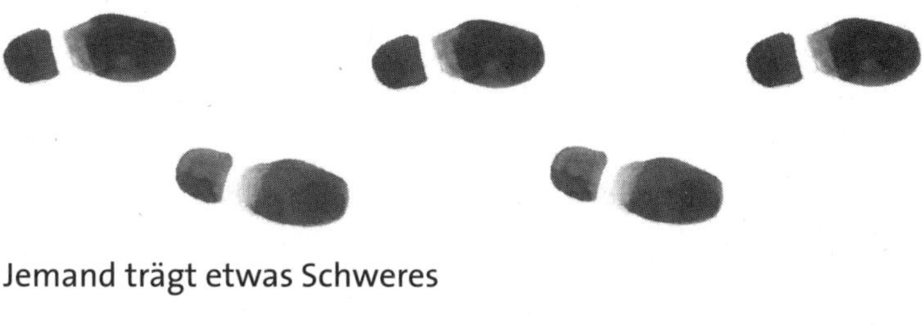

Jemand trägt etwas Schweres

Welcher Schuh hinterlässt welche Spur?

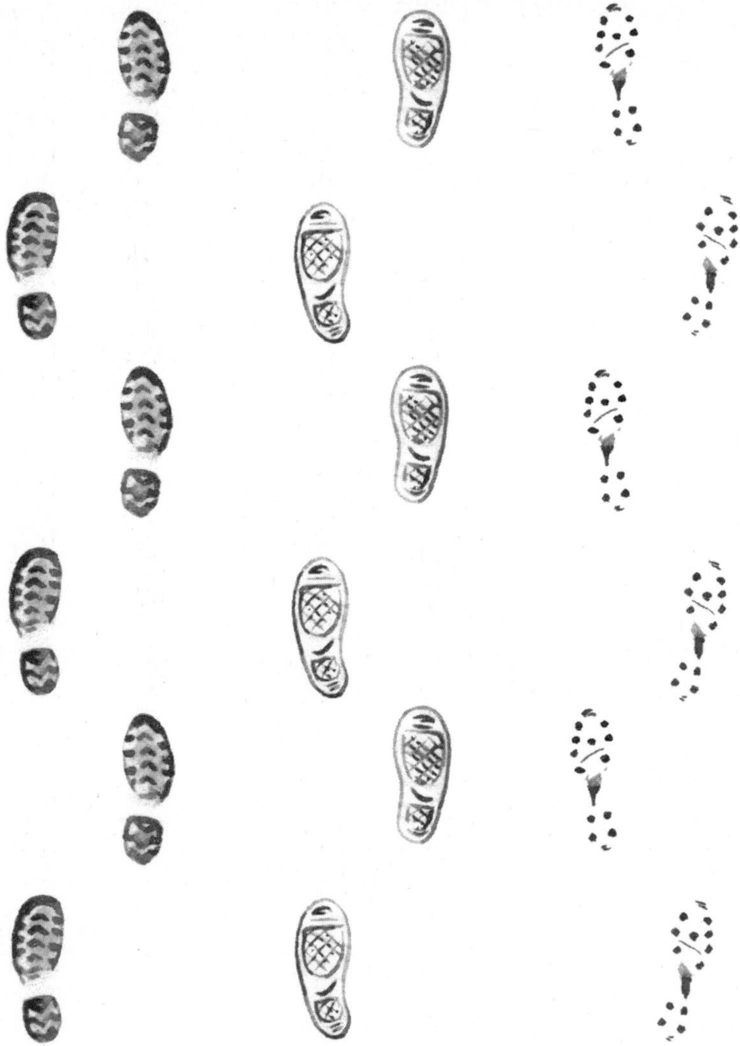

Gummistiefel Sportschuh Fußballschuh

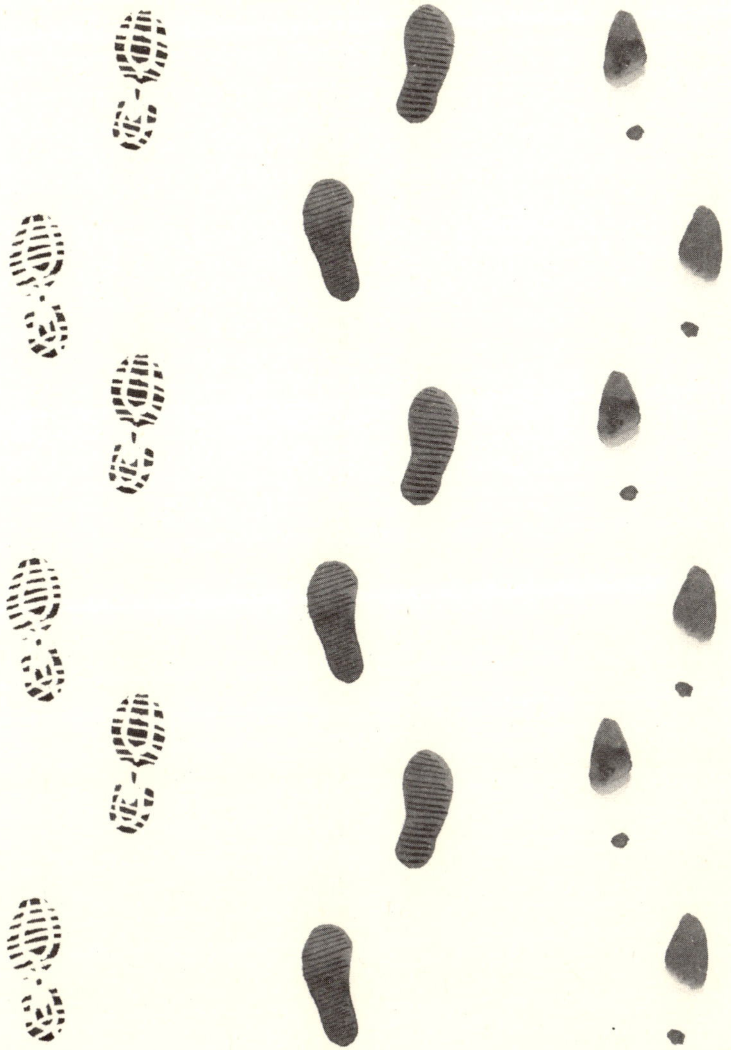

Laufschuh Sandale Schuh mit dünnem Absatz

Damenschuh mit breitem Absatz

Viel getragener Schuh (mit aufgebogener Sohle)

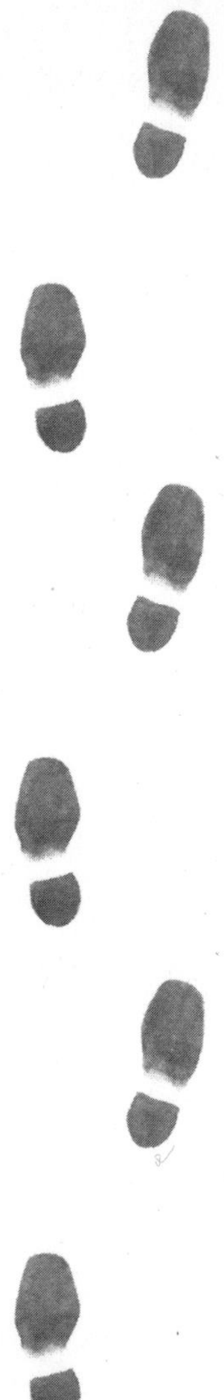

Neuer Schuh (die Sohle ist noch flach)

Tierspuren

Katze

Hund

Fuchs

Wolf

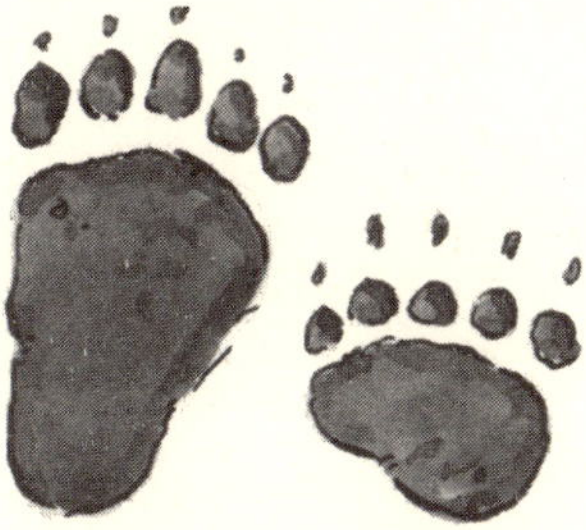
Bär (mit Vorder- und Hinterpfote)

Hase

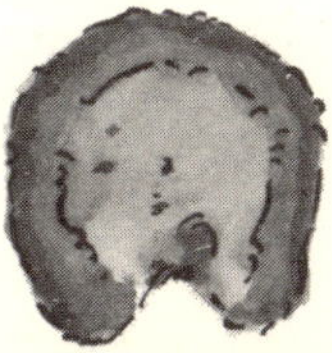
Wildes Pony oder Pferd ohne Hufeisen

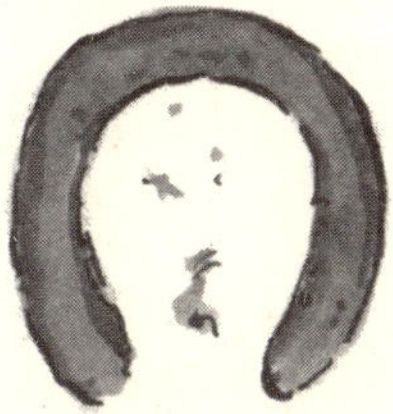
Pferd mit Hufeisen

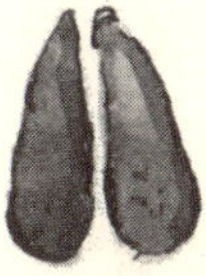
Schaf

Hirsch

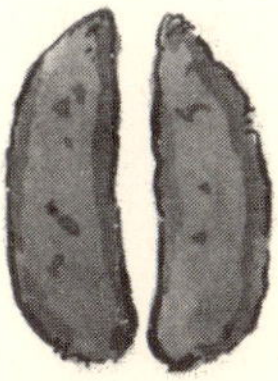
Elch

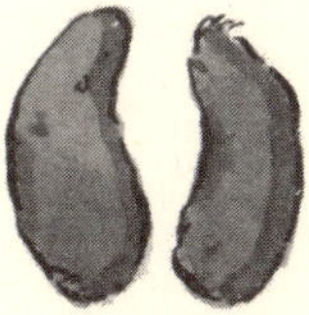
Kuh

Tiere in Bewegung

Hund geht

Hund rennt

Katze geht

Katze flüchtet und springt auf etwas Höheres, zum Beispiel eine Mauer

Vögel

Rotkehlchen, Amsel, Spatz, Krähe

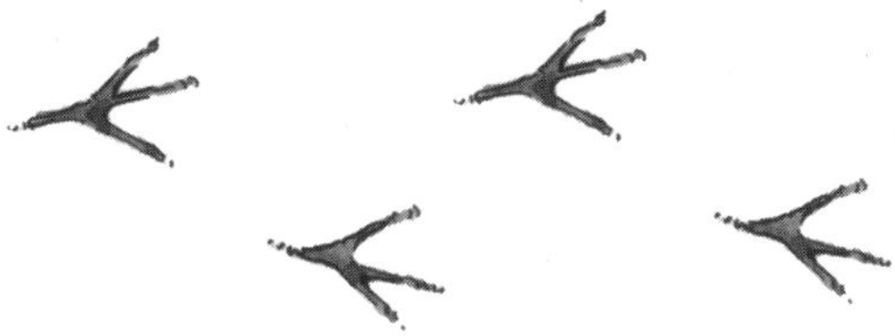

Schreitende Vögel: Storch, Kranich, Reiher

Gehende Vögel: Henne, Fasan, Pfau

Wasservögel: Ente, Schwan

Schuhgrösse

Damit du schnell messen kannst, welche Schuhgröße der Verdächtige hat, hier die Schuhgrößen in Zentimetern:

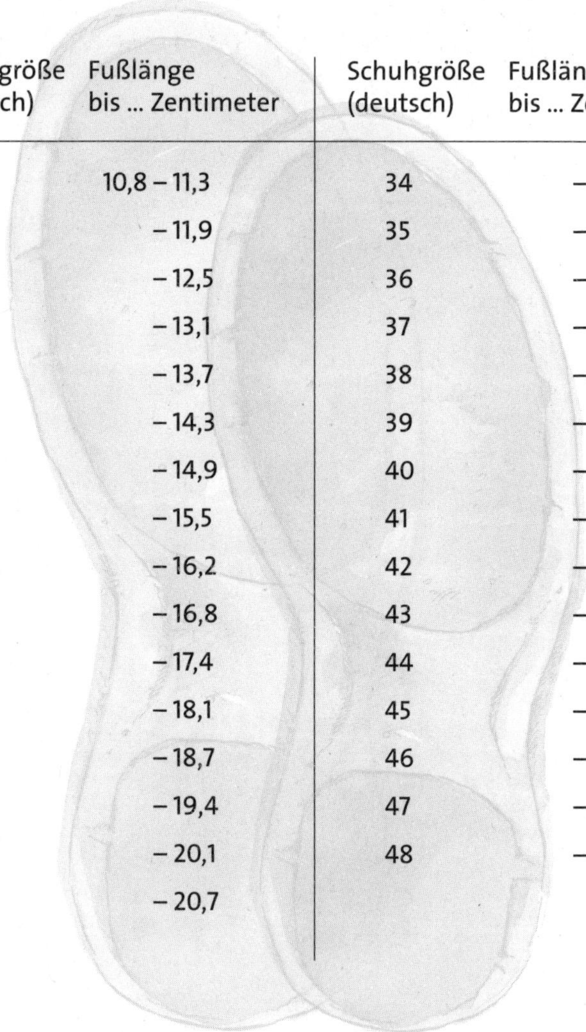

Schuhgröße (deutsch)	Fußlänge bis ... Zentimeter	Schuhgröße (deutsch)	Fußlänge bis ... Zentimeter
18	10,8 – 11,3	34	– 21,4
19	– 11,9	35	– 22,1
20	– 12,5	36	– 22,7
21	– 13,1	37	– 23,4
22	– 13,7	38	– 24,1
23	– 14,3	39	– 24,7
24	– 14,9	40	– 25,4
25	– 15,5	41	– 26,0
26	– 16,2	42	– 26,7
27	– 16,8	43	– 27,3
28	– 17,4	44	– 28,0
29	– 18,1	45	– 28,7
30	– 18,7	46	– 29,3
31	– 19,4	47	– 30,0
32	– 20,1	48	– 30,7
33	– 20,7		

Reifenspuren

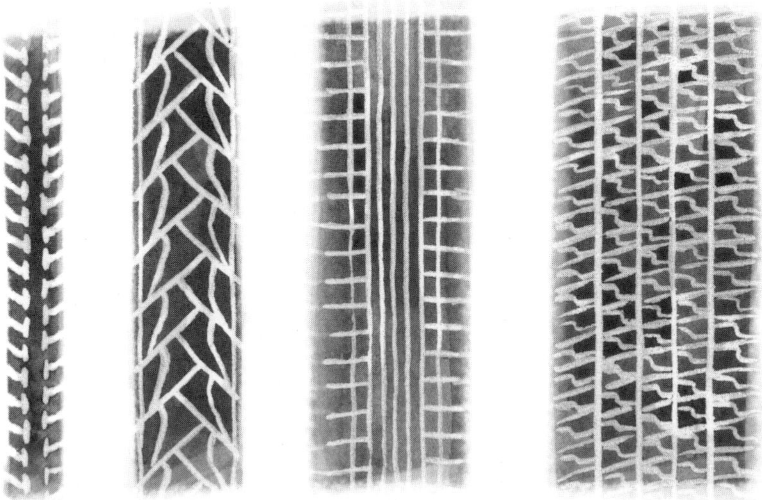

Fahrrad-spur | Motor-radspur | Autospur | Lastwagen-spur

Was Reifenspuren verraten

In welche Richtung ist das Auto von Herrn Schneider gerade gefahren? Die Knickerbocker-Bande findet auf dem Asphalt der Straße einen deutlichen Reifenabdruck. Herr Schneider ist mit seinem Wagen nämlich durch eine Pfütze gerollt.

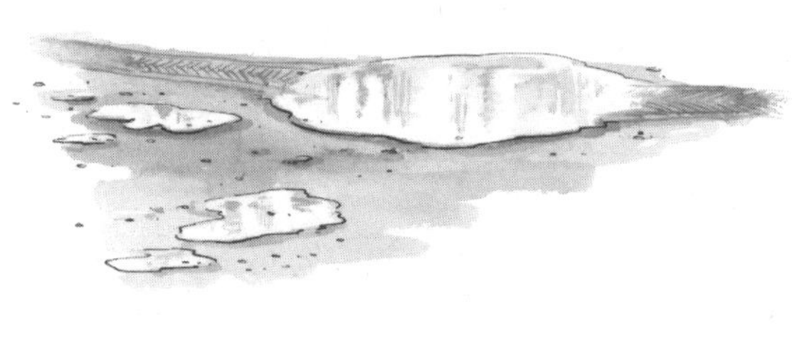

Diese Pfütze verrät auch seine Fahrtrichtung. Das Wasser spritzt unter einem Reifen immer nach vorn und zur Seite! Herr Schneider ist also nach links gefahren.

Im weichen Boden von Feldwegen verraten Steine viel über die Richtung, in der ein Auto unterwegs ist. Kleine Steine werden immer zuerst in den Boden gedrückt und dann nach hinten weggeschleudert, wenn ein Reifen über sie rollt. Halte Ausschau nach einem kleinen Loch im Boden und dem weggeschleuderten Stein.

Was Fahrradspuren verraten

In welche Richtung ist der Mann auf dem Fahrrad gefahren, den die Knickerbocker-Bande verfolgt? Ist er schnell oder langsam unterwegs?

Die Reifenspuren verraten es: Das Hinterrad hinterlässt immer eine ziemlich gerade Spur. Der Reifen hängt schließlich an einer starren Achse.

Das Vorderrad ist an der Lenkstange befestigt. Bestimmt hast du auch schon bemerkt, dass du beim Fahrradfahren oft hin und her wackelst, um die Balance zu halten.

Und so bestimmst du die Fahrtrichtung: Schau dir die Schlingen genau an. Jede Schlinge hat ein flaches und ein bauchiges Ende. Das flache Ende zeigt dir die Fahrtrichtung an!

Je langsamer jemand mit dem Fahrrad fährt, desto heftiger wackelt er:

Je schneller er fährt, desto leichter kann er die Balance halten. Die Schlingen werden flacher:

Spuren im Schnee

Welche Spuren sind frisch, welche Spuren sind schon länger da?

Eine Detektivweisheit sagt: Ältere Spuren sind immer größer. Mit der Zeit schmilzt der Schnee nämlich ein wenig und die Ränder der Spur werden vergrößert!

Außerdem sind ältere Spuren ungenauer und haben meistens an der Oberfläche eine harte Eiskruste.

Wie alt ist ein Schuhabdruck?

Das ist äußerst schwierig festzustellen. Es gibt allerdings eine kleine Hilfe: Ist der Abdruck mit Wasser gefüllt, bedeutet das, er ist vor dem letzten Regen entstanden!

Schuh- und Reifenspuren abgiessen

Du brauchst:

→ eine Tüte Gips
→ lauwarmes Leitungswasser
→ eine Schale aus weichem Kunststoff
→ einen Streifen aus hartem Karton oder einen Metallstreifen, wie er bei verstellbaren Kuchenformen verwendet wird.

So wird's gemacht:

→ Entferne mit einer Pinzette Blätter, Aststücke oder Steine, die nachträglich auf den Schuhabdruck gefallen sind.
→ Steck den Karton- oder Metallstreifen vorsichtig rund um die Spur in den Boden.

→ Rühr den Gipsbrei an, bis eine zähflüssige Masse entstanden ist. Gieß ihn in die Form. Achtung: Gips wird schnell hart! Du solltest auf keinen Fall den Becher zum

Anrühren im Waschbecken auswaschen – sonst verstopfen die Wasserrohre! Spül ihn zum Beispiel in einem Wassereimer aus und entsorge die Gipsreste im Mülleimer.

→ Nach ungefähr 30 Minuten ist der Gips hart. Nimm den Abguss vorsichtig heraus und reinige ihn behutsam von der Erde.

→ Das Beschriften nicht vergessen:

Die Spurenfalle

Ein Stacheldraht ist so etwas wie ein Spurenmagnet! Wer darüberklettert oder auch nur daran vorbeistreift, hinterlässt leicht Spuren: Fäden aus seiner Jacke, ein Stückchen aus der Hose oder ein Fetzchen aus dem Hemd. Tiere hinterlassen Haare aus ihrem Fell.

An niedrigen Stacheldrahtzäunen auf Wanderwegen in den Bergen kannst du richtig gut nach Spuren Ausschau halten.

Achtung: Willst du selbst keine Spuren hinterlassen, dann sei ganz besonders vorsichtig, wenn du über einen Stacheldrahtzaun kletterst!

Wie hinterlasse ich keine Fußspuren?

Einige super Tricks, die wir selbst ausprobiert haben!

→ Binde dir große Blätter (am besten sind Ahornblätter) an die Schuhe. Die verfälschen deine Spur sehr!
→ Nimm einige dürre Äste eines Strauches und binde sie zu einer Art Besen zusammen. Verwische damit deine Spur!
→ Der „Spuren-Verwisch-Rechen“: Schlag in ein Stück Holz viele Nägel. (Das Holz sollte mindestens 30 cm lang und 15 cm dick sein). Lass die Nägel ungefähr so weit herausstehen, wie dein Daumen dick ist. Binde links und rechts am Holzstück eine Schnur fest. Diesen Rechen kannst du auf lockerem Boden hinter dir herziehen und damit deine Spur verwischen.

Achtung: Natürlich kannst du mit dem Rechen auch falsche Spuren bei Wegkreuzungen legen.

Tropfspuren

Bestimmt hat auch schon einmal dein Eis zu tropfen begonnen, wenn du es nicht schnell genug gegessen hast. Diese Tropfen können viel verraten. Sie sind Spuren, aus denen Profis lesen können, wie groß du ungefähr bist, wie schnell du gegangen bist und so weiter.

Auch du kannst so ein Profi werden. Wir verraten dir, was Tropfen alles sagen:

Tropfen, die aus einem Meter Höhe gefallen sind

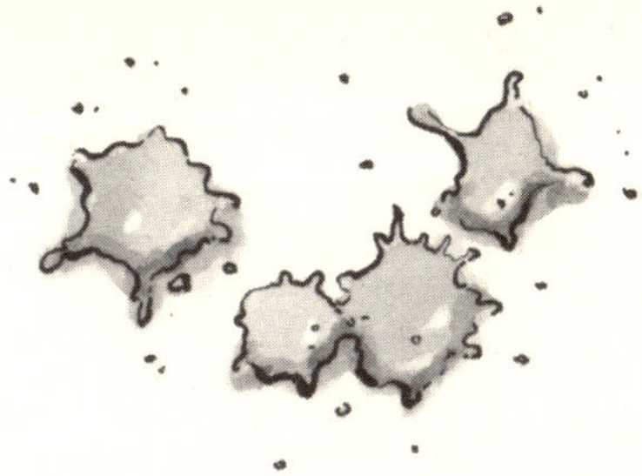

Tropfen aus zwei Metern Höhe

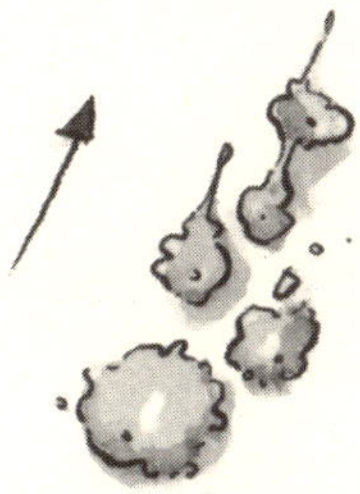

Jemand ist schnell gegangen (in Pfeilrichtung)

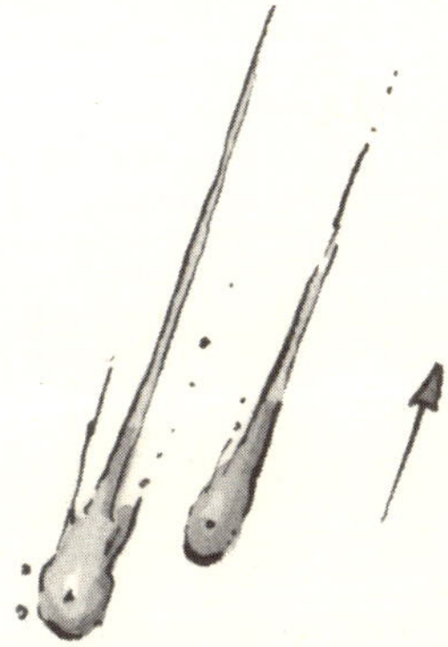

Jemand ist gerannt (in Pfeilrichtung)

Jemand hat länger auf derselben Stelle gestanden

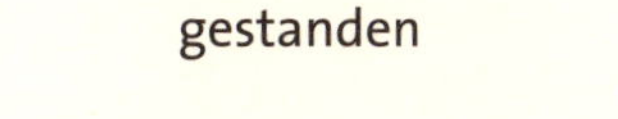

Jemand ist nach links gegangen

Jemand ist nach rechts gegangen

Beispiel 1: Wer hat von deinem leckeren Pausenbrot abgebissen?

Die „Bissspur“ kann den Täter verraten! Überprüfe, ob du etwas Verdächtiges entdecken kannst:

- ➔ Hat der Unbekannte eine Zahnlücke?
- ➔ Ist ein Zahn breit oder schief?
- ➔ Sind die Abstände zwischen den Zähnen sehr groß?

Beispiel 2: Wer hat an der Tür gelauscht?

Untersuch die Tür außen nach einem Ohrenabdruck! Auf diese Weise wurden schon einige Gauner überführt. Sie pressen beim Lauschen das Ohr gegen die Tür und hinterlassen auf diese Weise einen Abdruck, denn zum Glück ist auch das menschliche Ohr immer etwas feucht und fettig.

Den Ohrenabdruck kannst du wie einen Fingerabdruck abnehmen (siehe Seite 137). Du benötigst aber ein breites Klebeband oder selbstklebende Folie dazu!

Vergleich diesen Abdruck mit den Ohren der Verdächtigen.

Beispiel 3: Wer hat den Liebesbrief geschrieben, unter dem dein Name steht?

Vielleicht hat der unbekannte Liebesbrieffälscher das Papier geküsst und einen Lippenabdruck hinterlassen.

Eigentlich sollte dieser Abdruck romantisch wirken, dir liefert er aber wichtige Hinweise:
- ➔ Welche Form haben die Lippen?
- ➔ Sind kleine Verletzungen zu erkennen?

Was Profis sonst noch alles können!

➔ Spezialisten können auch Handschuhspuren feststellen und festhalten! Sie wissen, ob der Handschuh aus Stoff, Leder oder Gummi war.

➔ Unter dem Elektronenmikroskop sind Spuren zu finden, die man mit bloßem Auge nicht sehen kann. Zum Beispiel Blütenstaub in Stofffasern. Oder blaue Lacksplitter unter einer ausgebesserten Stelle eines grünen Wagens, dessen Fahrer verdächtigt wird, mit einem blauen Auto zusammengestoßen zu sein.

➔ Am Zigarettenstummel eines Täters können Kriminalisten winzige Speichelreste sichern. Aus diesen Resten können sie die Blutgruppe des Täters bestimmen!

➔ Mithilfe von Laserstrahlen können Fingerabdrücke festgestellt werden, die schon über zehn Jahre alt sind!

GAUNERTRICKS

Original oder Fälschung?

Manchmal wird versucht, ein Dokument im Nachhinein durch eine Ergänzung zu verändern.

Zum Beispiel steht in einem Brief: „Ich bestätige, dass ich Herrn Georg Eisel 50000 Euro schulde."

Der Haken an der Sache: In Wirklichkeit geht es nur um 5000 Euro! Die letzte Null wurde dazugeschrieben.

Tinte ist aber nicht gleich Tinte und mit einem Test kann festgestellt werden, ob alle Nullen aus der gleichen Feder stammen.

So geht's:

Nimm ein Stück Löschpapier und schreibe einige Nullen mit einem schwarzen Filzstift oder mit schwarzer Tinte drauf. Dann schreibe weitere Nullen mit einem anderen schwarzen Filzstift oder mit anderer Tinte. Stell das Papier in ein Glas, das zur Hälfte mit Wasser gefüllt ist. Das Wasser zerlegt die Farbe auf dem Papier. Du wirst sehen, dass sich beide Tinten deutlich voneinander unterscheiden.

Echt oder „Blüte"?

„Blüten“ – also gefälschte Banknoten – sind ein großes Problem. Du kannst der Polizei helfen, wenn du eine Blüte erkennst und sie sofort meldest.

Aber wodurch unterscheidet sich ein echter Geldschein von einer Fälschung? Viele Länder fügen in die Scheine immer mehr Effekte ein, die nur schwer zu fälschen sind. Hier sind einige davon:

➔ Wasserzeichen (diese siehst du, wenn du den Geldschein gegen das Licht hältst)
➔ Metallstreifen im Papier
➔ Seriennummern
➔ fluoreszierende Farben (diese leuchten unter einem UV-Prüfgerät auf)
➔ Minischrift, die nur unter einer Lupe lesbar ist
➔ Hologramm und
➔ der sogenannte Kippeffekt bei manchen Mustern

Knickerbocker-Tipp

Informiere dich genau über die sogenannten Sicherheitsmerkmale in deinen Geldscheinen. Nur so kannst du Fälschungen erkennen. Informationen bekommst du bei jeder Bank.

Echt oder eine Kopie?

Gemälde berühmter Maler sind sehr wertvoll. Für einige Ölbilder wurden bereits Hunderte Millionen bezahlt. Aus diesem Grund versuchen Gauner immer wieder, Gemälde zu kopieren. Das heißt: Sie malen sie noch einmal und versuchen damit, ein zweites Bild herzustellen, das genau wie das Original aussieht.

Allerdings ist das Original meistens hundert, zweihundert oder sogar dreihundert Jahre alt. Holzwürmer sind vielleicht schon im Rahmen, das Leinen, auf dem gemalt wurde, hat sich verändert und die Farbe auch.

Das solltest du über Ölbilder wissen:

→ Ölfarbe braucht bis zu 50 Jahre, um völlig zu trocknen. Eine Fälschung kann von Experten leicht erkannt werden, da die Farbe vor allem an dick bemalten Stellen noch etwas feucht ist. Allerdings braucht man dazu sehr genaue Kenntnisse.

→ Ölgemälde werden vom Künstler meistens mit sogenanntem Firnis überzogen. Das ist eine Art Lack. Mit der Zeit bekommt dieser Lack viele kleine Sprünge.

Die Tricks der Fälscher:

→ Damit der Rahmen und die Leinwand alt aussehen, kaufen Fälscher wertlose alte Bilder. Meistens schleifen sie das alte Gemälde vorsichtig ab.

→ Natürlich müssen sie das Bild, das sie nun kopieren wollen, genau kennen. Aber die wertvollsten Gemälde sind in vielen Büchern abgebildet. Besonders freche Fälscher gehen ins Museum und malen dort! Sie behaupten, Studenten zu sein und zu üben.

→ Die Farbe muss stimmen. Große Meister hatten ihre eigenen Farbrezepte, die die wundervollen Farben ergeben haben. Ein guter Fälscher versucht, diese Rezepte nachzumischen. Übrigens muss manchmal in diese Spezialfarben noch hineingespuckt oder sogar -gepinkelt werden!

→ Aber was tut der Fälscher, damit das Bild schneller trocknet und der Firnis alt aussieht? Dazu legt er das Bild in den warmen Backofen und trocknet es dort. Super-Experten können bei genauer Untersuchung trotzdem später beweisen, dass die Farbe nicht langsam über viele Jahre hinweg, sondern schnell im Ofen getrocknet ist.

→ Der Firnis muss noch Sprünge bekommen. Um das zu erreichen, rollen Fälscher das fertige Bild um eine dicke Rolle. So zerspringt der Lack.

Wie erkennt man eine Kopie?

Das ist die Aufgabe von Profis. Eine Sache kannst aber auch du erkennen:

Die Leinwand, auf der ein Ölgemälde gemalt wird, ist immer auf einen Holzrahmen genagelt. Oft haben Fälscher hier Fehler gemacht und moderne Nägel verwendet. Nägel, die es vor 200 Jahren noch nicht gegeben hat!

Kann man sehen, ob sich unter einem Ölbild vielleicht noch ein zweites befindet?

Ja, das ist möglich. Experten machen ein Röntgenbild und können damit beweisen, dass eine Kopie auf alter Leinwand gemalt wurde, die der Fälscher dummerweise nicht entfernt hat.

Gefälschte Handschriften

Jeder Mensch hat eine typische Handschrift. Nur er selbst beherrscht den Schwung und macht automatisch ganz bestimmte Schlingen, Striche und Punkte.

Die Unterschrift ist etwas ganz Unverwechselbares. Sie ist eine Art „eingebauter Stempel“ des Menschen.

Wer ein Testament, einen Brief oder eine Unterschrift fälscht, versucht, die Handschrift zu kopieren. Allerdings kann der Fälscher niemals exakt den gleichen Schwung imitieren. Beim Schreiben unterlaufen ihm Fehler, die ein geübter Detektiv entdecken kann.

Probiere es selbst aus. Versuche die Handschrift eines Erwachsenen oder eines Detektiv-Kollegen zu kopieren. Das ist natürlich eine Frage des Trainings, klar!

Beim „Fälschen“ wirst du entdecken, was man alles anders und daher falsch machen kann. Diese Erkenntnisse helfen dir beim Entlarven gefälschter Dokumente.

So untersuchst du eine Handschrift:

Nimm ein Originalschriftstück und begutachte es. Verwende dazu ruhig eine Lupe, damit dir nichts entgeht. Was fällt dir auf?

→ Drückt der Schreiber leicht, mittel oder stark auf?

→ Ist seine Handschrift klein, mittel oder groß?

→ Sind die Buchstaben eng beisammen oder weit auseinander?

➔ Wie sehen die Schlingen beim „L" aus?
➔ Welche Form haben die Schlingen beim „G"?
➔ Wie macht der Schreiber den Querbalken des „T"?
➔ Wie sieht der i-Punkt aus?
➔ Versuche eine Beschreibung der wichtigsten Großbuchstaben zu machen.

Wenn du jetzt ein zweites Schriftstück bekommst und feststellen sollst, ob es echt oder gefälscht ist, nimm deinen Test-Bericht. Untersuche den Text nach den gleichen Merkmalen. Vergleiche deine neuen Ergebnisse mit der Beschreibung der Originalschrift!

Kann man Papier „alt machen"?

Ja! Ein echter Detektiv hat uns Knickerbockern den folgenden Trick erzählt:

Nimm ein Stück Pergament, das du in jedem Papierwarengeschäft kaufen kannst. Besprühe es sorgfältig mit schwarzem Tee! Dazu füllst du den Tee in eine Sprühflasche, mit der man normalerweise Pflanzen besprüht. So wird der „Tee-Regen" am gleichmäßigsten auf dem Papier verteilt.

Danach bügle das Pergament. Es wird echt alt aussehen!

Können Profis das Alter von Tinte feststellen?

Ja! Sie wissen, ob ein X auf einer Landkarte vor zehn, zwanzig oder dreißig Jahren gemacht wurde. Leider können wir diesen Trick nicht nachmachen! Das Verfahren ist nämlich sehr kompliziert.

Schmugglern auf der Spur

Die Tricks der Schmuggler:

Stell dir vor, ein Schmuggler hat dicke Bündel gefälschter Banknoten unter einem doppelten Boden in seinem Koffer versteckt. An der Grenze wird der Koffer durchsucht, aber ohne Erfolg. Doch dann kommt ein Beamter auf die Idee, den Koffer auszuleeren und abzuwiegen. Das Gewicht des leeren Koffers bringt ihn auf die Spur des Schmugglers. Der Koffer ist nämlich viel zu schwer. Es muss sich also noch etwas in einem Geheimfach befinden.

Gold wird oft als harmlose Schokoladentafeln getarnt und so geschmuggelt. Schon öfter haben Gauner Schokoladepapier um Goldplatten gewickelt. Aber auch hier ist das Gewicht verräterisch. Eine Platte aus Gold, die so groß wie eine 100-Gramm-Tafel Schokolade ist, wiegt zwischen ein und zwei Kilogramm!

Verstecke im Auto sind sehr beliebt. Schmuggelware wird unter Radkappen, an der Unterseite des Autos, unter den Sitzen und sogar im Motor versteckt. Oft werden verdächtige Autos abgeklopft. Warum? Weil die Kriminalbeamten auf diese Art am besten Hohlräume entdecken, in denen Schmugglergut versteckt sein könnte. Die klingen anders!

Der Ufo-Foto-Trick

Ein Ufo-Foto hat Experten lange vor Rätsel gestellt. Sollte es sich auf dem Bild tatsächlich um ein echtes Foto handeln? War das möglich?

Erst zehn Jahre später hat der angebliche Ufo-Fotograf die Wahrheit gesagt. Er hat die Form eines Ufos aus schwarzer Folie ausgeschnitten und an eine Fensterscheibe geklebt. Anschließend hat er ein Foto durch das

Fenster gemacht. Darauf war ein fliegendes Ufo am Himmel zu sehen.
Auf diese Art sind auch zahlreiche Fotos von fliegenden Ungeheuern entstanden.

Das Geisterfoto

Wie kommt ein Geist aufs Foto? Ein Profi hat uns den Trick erklärt. Auch du kannst ein Geisterfoto machen, aber nur mit einem klassischen Fotoapparat, nicht mit einer Digitalkamera!

So geht's:
Nimm das Negativ und male mit schwarzer Farbe vorsichtig einen „Geist" auf einen hellen Fleck.

Bring dieses übermalte Negativ zum Entwickeln, das bedeutet, lass ein Papierbild davon machen. Schon spukt dein Geist durchs Haus …

HOLZWÜRMER LÜGEN NICHT…

Ein Tischler hat uns etwas Tolles gezeigt. So kannst du feststellen, ob ein altes Möbelstück wirklich alt ist! Manchmal werden Möbel nämlich nur aus altem Holz hergestellt. Das sind dann natürlich nur Nachahmungen und Fälschungen und dadurch sind sie viel weniger wert.

Original oder Fälschung?
Der Holzwurm bringt's zutage!

Ein echtes altes Möbelstück wurde vor langer Zeit hergestellt. Im Laufe der Jahre ist dann der Holzwurm hineingekommen und hat sich seine Gänge gebohrt. Die Enden dieser Gänge sind an der Oberfläche des Holzes als kreisrunde Löcher erkennbar.

Wird aber altes Holz genommen, das schon vom Holzwurm befallen ist, geschieht etwas anderes. Seine Gänge werden angesägt oder angeschnitzt und meistens schräg durchgeschnitten.

Nun sind die Öffnungen nicht rund, sondern oval! Ein Zeichen dafür, dass es sich hierbei um eine Fälschung handelt.

Manchmal versuchen Fälscher im Nachhinein, Holzwurmlöcher in das Holz zu bohren. Auch diese Spuren kannst du leicht erkennen. Ein Holzwurmgang ist unregelmäßig und die Wände sind rau und uneben.

Ein gebohrter Holzwurmgang hingegen ist glatt und ohne Windungen!

ABENTEUERTIPPS

Der Uhrkompass

Bei einigen Abenteuern war dieser Kompass sehr wichtig für uns. Mithilfe einer normalen Armbanduhr haben wir die Himmelsrichtungen feststellen können.

Du brauchst:

- eine Armbanduhr mit Zeigern
- ein dünnes Ästchen oder einen Grashalm

So geht's:

Leg die Uhr flach hin und drehe sie so, dass der kleine Stundenzeiger genau zur Sonne zeigt.
Halbiere nun den kürzesten Weg zwischen Stundenzeiger und 12 Uhr mit dem Halm oder Ästchen. So weißt du, wo Süden liegt. Jetzt ist es einfach, die übrigen Himmelsrichtungen zu bestimmen.

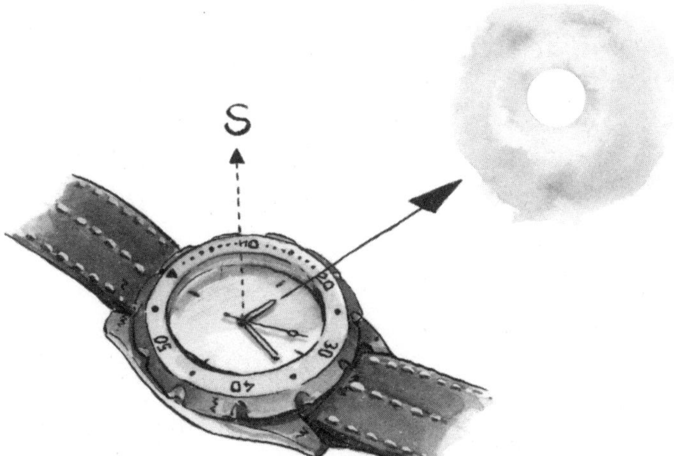

Die Natur als Kompass

Aber auch ohne technische Hilfsmittel wie Kompass oder Uhr kannst du die Himmelsrichtungen bestimmen:

➔ Die Sonne geht immer im Osten auf und im Westen wieder unter!

➔ Steht die Sonne im Sommer ziemlich genau über dir, ist Mittag und sie befindet sich im Süden.

➔ Der Wind kommt in unseren Gegenden meistens von Westen. Viele Bäume sind daher nach Osten gebogen.

➔ An der Westseite von Baumstämmen ist mehr Moos zu erkennen, weil der Westwind den Regen dagegenpeitscht.

Wasser aus dem Boden

Du bist bei Sonnenschein draußen unterwegs und hast schrecklichen Durst. Weit und breit ist aber kein Haus zu sehen. Wie kommst du an Wasser?

Du brauchst:

➔ ein Stück Plastikfolie (mindestens 1 x 1 Meter)

➔ einen Becher

➔ einen kleinen Stein

➔ viele große Steine

➔ ein Gerät zum Graben

So wird's gemacht:

➔ Du gräbst eine trichterförmige Mulde in den Boden. Am besten auf einer sonnigen Wiese. Die Erde muss aber zumindest ein bisschen feucht sein.

➔ In die Mitte der Mulde stellst du den Becher.

➔ Über die Öffnung legst du die Folie und beschwerst sie mit vielen Steinen. Die Ränder der Folie sollen möglichst dicht auf dem Boden liegen.

➔ Leg den kleinen Stein in die Mitte der Folie. Nun ist ein breiter „Trichter“ entstanden, dessen tiefster Punkt sich genau über dem Becher befindet.

➔ Ein paar Stunden später wird sich im Becher bereits Wasser befinden!

Wieso? Weil es in dieser „Wasserfalle“ durch die Sonneneinstrahlung warm wird und dadurch die Feuchtigkeit

aus der Erde verdunstet. Sie wird von der Plastikfolie aufgehalten. Die Wassertropfen perlen in die Mitte der Folie, von wo aus sie in den Behälter fallen.

Zieh dich warm an, wenn es heiss ist!

Befindest du dich in einer sehr heißen Gegend und gibt es nicht so schnell wieder etwas zu trinken für dich?

Versuche folgenden Trick: Solltest du an Wasser kommen, trink so viel wie möglich! Knöpf danach alle Kleidungsstücke fest zu, auch deine Arme und Beine sollten bedeckt sein. Nun wird dir sehr heiß werden und du wirst ins Schwitzen geraten. Bleib trotzdem warm angezogen. Halte dich aber dann vor allem im Schatten auf! Wüstenbewohner tragen zum Beispiel lange, dunkle Kleidung, die die Wärme gut speichert und sie vor der heißen Sonne schützt.

Wie klappt der Trick? Du wirst nicht so schnell durstig werden, da dein Körper die Flüssigkeit besser behält. Aber Vorsicht: Bei dieser Methode solltest du viel Bewegung und größere Anstrengungen vermeiden!

Wenn du dich verirrst...

Das ist uns schon oft passiert. Nur mit einem (tragbaren) Navigationssystem weißt du immer, wo du bist. Mit diesem „schlauen“ Gerät verläufst du dich gar nicht! Vielleicht kennst du jemanden, der dir sein Gerät für einen Ausflug leiht. Was machst du aber, wenn du kein Navigationssystem bei dir hast?

> **Knickerbocker-Tipp**
>
> Wenn du dein Handy dabeihast, kannst du Freunde anrufen und ihnen die Gegend und den Weg, den du gegangen bist, beschreiben. Vielleicht können sie dir weiterhelfen.

Wenn du weder Handy noch Navigationssystem besitzt, helfen dir folgende Tipps:

→ Behalte immer die Ruhe, gerate nicht in Panik! Wildes Herumrennen nutzt nichts!

→ Markiere den Platz, an dem du gerade stehst. Versuch dich zu erinnern, wo du von deinem Weg abgekommen sein könntest. Mach dich dann daran, deine eigene Spur zurückzuverfolgen. Markiere den Weg dabei! Hier bieten sich der Trick mit dem Uhrenkompass (Seite 177) und der natürliche Kompass (Seite 178) an.

→ Bleib unterwegs immer wieder stehen und halte die Ohren offen. Hörst du Stimmen oder Hundegebell? Dann mache dich bemerkbar!

→ Erreichst du einen Hügel oder einen Hochsitz, klettere hinauf und halte Ausschau nach Straßen, nach Rauch von Häusern oder, in der Dämmerung, nach Lichtern.

Der unsinkbare Schlüssel

Im Sommer binden wir an unseren Schlüssel einen Korken. Falls wir ihn im Wasser verlieren, sinkt er nicht zu Boden und ist weg, sondern schwimmt an der Wasseroberfläche.

Achtung: Du musst immer testen, ob der Korken für das Gewicht deines Schlüssels groß genug ist!

Die Hosen-Schwimmweste

Ein Seemann hat uns erklärt, wie sie gemacht wird:

→ Wenn dein Boot sinkt und du über Bord musst, ziehe unter Wasser sofort deine Hose aus!

→ Verknote die Beine gut!

→ Schließe den Reißverschluss der Hose und halte sie am Hosenbund auf. Nimm die Hose hinter deinem Rü-

cken in beide Hände und schleudere sie über deinen Kopf nach vorne. Versuch dabei so viel Luft wie möglich in der Hose einzufangen.

➔ Halte den Hosenbund danach im Wasser gut zu und lehn dich auf die mit Luft gefüllten Hosenbeine. Durch die Nässe wird die Luft drinbleiben und du kannst dich für einige Zeit auf der Hose ausruhen, bis hoffentlich Hilfe kommt.

Der Tarnanzug

Mit ihm kannst du dich gut im Wald verstecken. Dieser Anzug ist sehr nützlich, wenn du zum Beispiel Menschen oder Tiere beobachten möchtest.

Du brauchst:

➔ alte Klamotten in den Farben Braun, Olivgrün oder Schwarz

➔ eine alte Strickmütze oder einen Hut

- ➔ Stofffarben
- ➔ Stoffreste, ebenfalls braun, grün oder schwarz
- ➔ Sicherheitsnadeln
- ➔ Nadel und Faden

So wird's gemacht:

Such dir Klamotten aus, die dir halbwegs passen. Nimm die Hose und den Pulli und bemale sie oder beklebe sie mit Stoffresten. Die Sachen sollten möglichst schwarz-grün-braun gefleckt aussehen. Auf diese Art kannst du am besten zwischen Büschen und den Blättern von Bäumen untertauchen.

Knickerbocker-Tipp

Wenn du kleine Äste und Blätter mit Sicherheitsnadeln an den Klamotten festmachst, bist du noch besser getarnt. Natürlich musst du sie immer wieder austauschen, wenn sie verwelkt sind.

Der Hut:

Bastle dir ein richtiges Gestrüpp aus kleinen Ästen, Laub, Stoffresten und Draht, das du auf dem Hut befestigst. So kannst du hinter einem Busch in Deckung gehen und – ohne gesehen zu werden – zwischen den Zweigen durchspähen.

Das Spiegelteleskop

Das ist eine Erfindung von Axel und Dominik. Wir – Poppi und Lilo – müssen zugeben, dass sie klasse ist!

Um Sterne oder den Mond genauer zu beobachten, brauchst du nicht unbedingt ein teures Fernrohr. Bau dir doch dein eigenes Spiegelteleskop!

Du brauchst:

- ➔ einen Rasierspiegel mit Ständer
- ➔ einen Taschenspiegel
- ➔ eine Lupe

So geht's:

Stell den Rasierspiegel in der Nacht auf die Wiese. Richte ihn auf den Mond.

Leg dich dahinter und halte dann den kleinen Taschen-

spiegel davor. Du siehst jetzt im Taschenspiegel den Ausschnitt des Himmels, den der Rasierspiegel einfängt.

Betrachte den Mond durch die Lupe. Du wirst plötzlich auf seiner Oberfläche Erhebungen und Krater entdecken, die du mit bloßem Auge nicht sehen kannst.

RUCKSACK FÜR NOTFÄLLE

Lilos Rucksack hat einmal zu nahe am Lagerfeuer gestanden. Die Folge: ein großes Loch und viel Gestank.

Wie sollte sie nun ihre Sachen tragen? Zum Glück kannte sie diesen Trick:

Du nimmst deine Ersatzhose, zwei Seile und einen Gürtel. Mit einem Seilende bindest du ein Hosenbein zu. Das andere Seilende knotest du an einer Gürtelschlaufe fest. Mach das Gleiche auch mit dem zweiten Seil und dem zweiten Hosenbein. Verschließe deinen Rucksack mit einem Gürtel, den du durch die Schlaufen ziehst.

Jetzt kannst du die Hose als Rucksack verwenden und auf dem Rücken tragen.

KNICKERBOCKER-TRAINING

Anschleichen im Haus

Ein Superspiel, wenn du mit deinen Knickerbocker-Freunden am Abend allein zu Hause bist! Einer geht vor die Wohnungs- oder Haustür und muss warten. Die anderen bereiten in der Zwischenzeit alles vor.

Die Aufgabe lautet: Komm auf ein vereinbartes Zeichen – Pfiff, Klingeln oder Rufen – herein und gehe in das Wohnzimmer, Kinderzimmer oder Badezimmer. Aber Achtung! Du darfst kein Licht machen und keine Taschenlampe verwenden. Auf dem Weg warten viele Hindernisse auf dich. Du sollst an ihnen vorbei und dabei so wenig Geräusche wie möglich machen!

Ein paar Tipps:

➔ Stellt leere Dosen hinter die Tür. Sie klappern, wenn der „Detektiv“ dagegenstößt.

➔ Spannt Fäden quer über den Gang oder die Treppe. An ihnen hängen Glöckchen oder Löffel, die aneinanderschlagen, wenn der Faden berührt oder zerrissen wird.

➔ Legt Alufolie auf den Boden. Sie knistert, wenn man darauftritt.

➔ Verschiebt Sessel, sie können den Weg verstellen.

In dem Zimmer, das erreicht werden soll, steht der Schiedsrichter und zählt alle Geräusche, die er hört. Der, der die wenigsten Geräusche verursacht, hat gewonnen.

Anschleichen im Garten

So geht's:

Schleich vom Start zum „Krach-Tresor", dem Ziel, und hole dort den „wertvollen Wahnsinnswecker" heraus. Natürlich kann es auch eine Flasche, ein Schuh, eine Packung Kaugummis oder etwas anderes sein. Wichtig ist, beim Anschleichen so wenig Geräusche wie möglich zu machen. Der Knickerbocker-Schiedsrichter steht mit dem Rücken zur Strecke und vergibt bei jedem Geräusch einen Minuspunkt. Wer schafft die Strecke und hat am wenigsten Punkte?

Die Strecke:

1. Start: Knickerbocker-Logo aus Stoff auf der Wiese.
2. Auf zwei Leitern, die aufrecht stehen, liegt ein Besenstiel. An ihm hängen viele Topfdeckel an langen Fäden. Wer durchkriecht und dabei an die Deckel stößt, verursacht ein Geräusch.
3. In einen alten, großen Bilderrahmen ist ein Zeitungsblatt geklebt. Das Blatt muss vorsichtig und ohne Hilfsmittel aufgeschlitzt werden, damit man durchkriechen kann.
4. Eine Reihe alter Dosen und Töpfe, zwischen denen man möglichst geräuschlos hindurchkriechen muss.
5. Auf dem Boden liegen Zeitungen, über die man gehen muss, ohne zu rascheln.

6. An einer Leiter baumeln Glöckchen, Löffel, Töpfe usw. oder es liegen auf deren Sprossen große Steine. Nun muss man auf die Leiter steigen, ohne ein Geräusch zu machen.
7. Der „Krach-Tresor“ ist eine Schachtel, die mit zahlreichen Dingen gefüllt ist, die Geräusche verursachen. Der „Wahnsinns-Wecker“ oder ein anderer Gegenstand liegt ganz unten im „Krach-Tresor“.

Anschleichen in der Nacht

Ein Knickerbocker-Spiel für stockdunkle Nächte:
➔ Markiere im Garten oder auf einer dunklen Wiese eine Start- und eine Ziellinie.
➔ Auf der Ziellinie steht der „Wächter“.
➔ Auf der Startlinie steht der „Gefangene“, der entwischen möchte.
➔ Als Gefangener ist es deine Aufgabe, bis zum Ziel zu schleichen, ohne ein Geräusch zu verursachen.
➔ Wenn der Wächter etwas hört, ruft er „Stopp!“. Dann darfst du dich nicht mehr bewegen.
➔ Der Wächter richtet die Taschenlampe in die Richtung, aus der er das Geräusch vernommen hat, und schaltet sie dann an. Trifft dich der Lichtstrahl, dann hast du verloren.

Das Fingerabdruck-Spiel:
Es können vier oder mehr Personen mitspielen.

Zuerst legt ihr von allen Mitspielern eine Fingerabdruck-Karte an. Außerdem braucht ihr ein Glas oder eine Flasche, die ihr vorher mit einem Tuch von allen Fingerabdrücken befreit habt. Ein Spieler geht hinaus. Er ist der „Detektiv".

Einer der anderen greift nun das Glas oder die Flasche kurz an und setzt sich wieder.

Der Detektiv kommt zurück und nimmt mit dem Fingerabdruck-Pulver (siehe Seite 137) die Fingerabdrücke ab. Dann vergleicht er sie mit der Fingerabdruck-Kartei. Wenn er den „Täter" findet, hat er gewonnen. Der Täter ist dann der neue Detektiv.

Der Auftrag

Du triffst dich mit deinen Knickerbocker-Freunden und ihr denkt euch einen Auftrag aus. Zum Beispiel: „Hole eine besondere Keksdose aus dem Geheimversteck und bringe sie in die Schule. Verstecke sie unter dem Tisch eines bestimmten Mitschülers."

Du faltest den Auftrag klein zusammen. Nimm dann leere Zettel und falte sie ebenfalls. Es müssen insgesamt so viele Zettel sein, wie deine Bande Mitglieder hat.

Die Zettel werden gut vermischt und jeder zieht einen.

Niemand darf verraten, ob er den Auftrag hat oder nicht. Aufgabe jedes Einzelnen ist es, entweder den Auftrag auszuführen oder seine Ausführung zu verhindern. Gelingt es der einen Person, ihn auszuführen, haben die anderen verloren.

Wer den Auftrag zieht, muss natürlich ein Meister im Täuschen, Tarnen und Verblüffen sein. Denn niemand darf merken, wer hinter der Dose her ist. Ist der Auftrag erfolgreich durchgeführt, werden die „Gegner" informiert, wie sie ausgetrickst wurden.

Lippenlesen

Detektivtraining für unterwegs!

Einer denkt sich ein Wort aus und sagt es ohne Ton, er bewegt nur die Lippen dabei. Die anderen sollen das Wort erraten.

Wer das Wort herausfindet, wird nun mit Punkten belohnt: Einen Punkt gibt es für ein kurzes Wort, zwei für ein längeres und drei Punkte für ein sehr langes Wort.

Beispiele:

➔ Einen Punkt gibt es für Erkennen des Wortes „Mond",
➔ zwei Punkte für das Wort „Bahnhof" und
➔ drei Punkte für „Fernsehprogramm"!

Wer schreibt was?

Nimm immer einen Schreibblock und den gleichen Kugelschreiber mit. Bitte Freunde und Bekannte, ein paar Zeilen auf einen Zettel zu schreiben und ihre Unterschrift daruntерzusetzen.

Auf ein zweites Blatt soll jeder diesen Satz schreiben: „Ein echter Knickerbocker lässt niemals locker!“

Sammle die Zettel mit der Unterschrift in einer Schachtel. Die Zettel mit dem Knickerbocker-Satz kommen in eine zweite Box. Wenn du genügend davon hast, vermische die Zettel in den beiden Boxen und versuche nun herauszufinden, welche Zettel von derselben Person beschrieben wurden.

Spezial-Training:

Nimm einen der Originalzettel und gib ihn deinen Freunden. Sie sollen alle versuchen, davon eine Fälschung anzufertigen. Danach mische die Zettel und versuche, das Original wiederzufinden. Zur Sicherheit sollte es mit einem winzigen Bleistiftzeichen auf der Rückseite gekennzeichnet sein.

RATEKRIMIS

DICKE LUFT BEI DEN ORGELPFEIFEN

Die Orgelpfeifen waren eine Familie, die aus Vater, Mutter, zwei Söhnen und zwei Töchtern bestand. Und da sie, nebeneinandergestellt, wie Orgelpfeifen aussahen, hatten sie von Freunden diesen Spitznamen erhalten.

Vater Orgel maß zwei Meter und einen Zentimeter. Mutter Orgel war nur um zwei Zentimeter kleiner als er.

Die beiden Töchter waren nach den Eltern geraten und nur um vier und sechs Zentimeter kleiner als der Herr Papa. Sein Sohn Klaus schlug aus der Art. Er, der wie seine Schwestern bereits über zwanzig Jahre alt war, maß nur einen Meter und 66 Zentimeter. Sein kleiner Bruder Michi war bereits fünf Zentimeter größer, aber erst 13 Jahre alt. Michi zählte zu Axels besten Freunden und deshalb holte ihn der Junge auch am Samstag immer zum Fußballspielen ab.

An diesem Samstag gab es allerdings dicke Luft bei den Orgelpfeifen. Als Axel auf dem Fahrrad zum Haus der Familie kam, erlebte er Herrn Orgel, wie er ihn noch nie zuvor gesehen hatte. Der Mann tobte wie ein Wilder, war knallrot im Gesicht und schrie, dass die Fenster klirrten. „Ich habe es satt, satt, satt!“ Die wichtigsten Worte rief er immer dreimal. „Es reicht, reicht, reicht! Ich hasse es, wenn sich einer von euch mein Auto ausborgt, das ganze Benzin verbraucht, danach nicht auftankt und mir den Wagen völlig verdreckt zurück in die Garage stellt!“

Der Rest der Familie hatte sich auf seinen Befehl vor dem Haus versammelt und blickte betreten.

„Ich will auf der Stelle wissen, wer den Wagen schon wieder genommen hat?“, schrie Herr Orgel.

Betretenes Schweigen.

Herr Orgel wartete eine ganze Minute, bevor er die Bombe platzen ließ. „Bis sich der Übeltäter gemeldet hat, bleiben alle im Haus. Sollte es einer von euch wagen wegzugehen, streiche ich für sechs Monate das Taschengeld.“

Michi meldete sich schüchtern und meinte: „Aber ich habe doch nicht einmal einen Führerschein. Ich kann es nicht gewesen sein!“

Das leuchtete Herrn Orgel ein und er ließ Michi mit Axel abziehen. Anschließend zwängte er sich in das Auto, riss wütend an dem Hebel neben dem Sitz, fuhr damit ein großes Stück zurück und ließ den Motor aufheulen. Mit quietschenden Reifen raste er davon.

„Ich weiß, wer sich das Auto ausgeborgt und eine Spritztour gemacht hat!“, flüsterte der Junior-Detektiv seinem Kumpel ins Ohr.

KRIMI-FRAGE:

Wer war es?

SCHMUGGELT SANDY?

Axel, Lilo, Poppi und Dominik hatten eine neue Aufgabe übernommen. Sie waren diesmal als Aufpasser unterwegs. Ihr Schützling hieß Sandy Miller und war ein junger Schwimmer. Er war nicht nur ein Talent, sondern durch hartes Training mittlerweile in die internationale Spitzenklasse aufgestiegen. Obwohl Sandy noch nicht einmal 16 war, flog er bereits von Wettkampf zu Wettkampf rund um die Welt.

Sandy lächelte von den Titelseiten vieler Zeitungen und Magazine, und es war stets ein frisches, strahlendes Siegerlächeln, das er zeigte. Aber hinter diesem Lächeln verbarg sich noch ein anderer Sandy. Ein junger Mann, der vor allem eines wollte: Geld! Und zwar viel Geld! Sandys Eltern waren arm, und er hatte sich geschworen, nie wieder in die winzige Wohnung zurückzukehren, in der er aufgewachsen war. Seinem Trainer bereitete diese Geldgier großen Kummer.

Aus diesem Grund hatte er die Knickerbocker-Bande zu sich gerufen. „Ich habe einen Verdacht, der mich sehr beschäftigt", erzählte er den vier Junior-Detektiven unter dem Siegel der Verschwiegenheit. „Mehrere Male habe ich sehr seltsame Leute bei Sandy gesehen. Er will mir aber nie sagen, wer sie sind. Er behauptet immer, es seien seine Fans, aber das glaube ich ihm nicht. Ich fürchte, dass er finstere Nebengeschäfte betreibt. Dabei liegt etwas besonders nahe: Er arbeitet wahrscheinlich als Schmuggler. Die Wettkämpfe führen ihn in viele Städte und das Gepäck eines Spitzensportlers wird nie durchsucht. Das Schrecklichste wäre, wenn er Rauschgift schmuggelt. Falls das eines Tages entdeckt wird, ist es mit seiner Sportlerlaufbahn vorbei. Bitte, versucht herauszufinden, ob mein Gefühl stimmt. Ich hoffe, ihr könnt mir sagen, dass ich mich getäuscht habe."

Zu diesem Zweck waren Axel, Lilo, Poppi und Dominik mit dem Schwimmer nach Moskau geflogen. Sandy hielt die vier für die Gewinner eines Wettbewerbs, die ihn begleiten durften. Er war nett, lächelte immer, redete aber mit ihnen nur über das Schwimmen und sonst nichts. Sandys Lächeln war wie eine dicke Mauer aus Glas, durch die es keine Tür gab.

Die Knickerbocker ließen den Sportler zu keiner Stunde des Tages aus den Augen. Entweder begleiteten sie ihn sehr offen oder sie verfolgten und beschatteten ihn heimlich.

Aber Sandy tat nichts, was irgendwie auf Schmuggel hingedeutet hätte. Seine einzige Leidenschaft – außer dem Training – bestand darin, Sachen zu kaufen. In Moskau erstand er mehrere Dosen Kaviar (= Fischeier, sehr teuer), außerdem ein Uhrenmodell des früheren russischen Geheimdienstes KGB und drei Matrioschka-Puppen, in deren Innerem eine Überraschung klapperte. Es handelte sich um ein typisch russisches Spielzeug, bei dem man die bauchige Holzpuppe in der Mitte auseinandernehmen konnte. Im Inneren war sie hohl und bot Platz für eine weitere bunt lackierte Puppe. Auch diese ließ sich öffnen und enthielt die nächstkleinere Matrioschka. Bis zu 16 Puppen waren oft ineinandergeschachtelt. Sandy erstand Ansichtskarten von Sehenswürdigkeiten, eine Flasche Wodka für seine Familie, ein Paar Lederstiefel und zwei russische Pelzkappen, die gegen die klirrende Kälte im Winter schützen sollten. Am letzten Abend vor der Abreise versammelten sich die Knickerbocker im Mädchenzimmer und berieten, was sie tun sollten.

„Gar nichts", lautete Dominiks Meinung. „Wir können dem Trainer die freudige Mitteilung machen, dass er sich völlig umsonst gesorgt hat."

Lilo war da noch nicht völlig überzeugt. Sie fasste einen sehr gewagten Plan. „Heute Nacht schleiche ich mich in sein Zimmer und untersuche sein Gepäck. Nur so können wir völlig sicher sein, nichts übersehen zu haben!"

Als die Jungen aus dem Zimmer traten, drängte Axel seinen Kumpel plötzlich zurück und spähte vorsichtig am Türrahmen vorbei.

Aus Sandys Zimmer war ein Mann gekommen. Er blickte sich hastig um, und als er sah, dass der Gang frei war, eilte er mit großen Schritten zum Lift. Was hatte er bei Sandy gemacht?

Lilo wartete bis zwei Uhr morgens, um sicher zu sein, dass der Schwimmer tief und fest schlief. Sandy hatte mehrere Male erwähnt, dass ihn in der Nacht nicht einmal eine Kanone wecken konnte. Und ich hoffe, dass das auch stimmt!, dachte das Superhirn.

Das Hotelzimmer der Mädchen lag gleich neben Sandys Suite, die aus einem Schlaf- und einem großen Wohnraum bestand. Die beiden Balkone waren nur durch eine Kunststoffwand getrennt, die Lieselotte mühelos überklettern konnte.

Die Balkontür stand offen und führte in das Schlafzimmer. Aus dem Bett des Jungen drang gleichmäßiges, tiefes Atmen. Der Schwimmer schien tatsächlich gut zu schlafen.

Auf Zehenspitzen schlich die Junior-Detektivin weiter in den Wohnraum, wo Sandys Koffer offen auf dem Boden stand. Viel war nicht darin, aber der Sportler trug auch nur Trainingsanzüge und höchstens ab und an Jeans. Dementsprechend spärlich war sein Gepäck.

In dem Koffer lagen kreuz und quer die Souvenirs. Lilo wollte sie kurz kontrollieren. Sorge bereiteten ihr nur die Matrioschka-Puppen, die vielleicht ein Geräusch verursachen konnten. Sie nahm die Figuren vorsichtig in die Hand und war erleichtert, als nicht das leiseste Klappern ertönte. Danach untersuchte sie die Kaviardosen, die Wodkaflasche, die Pelzmützen, die Stiefel und das restliche Kleinzeug. Aber sie konnte nichts entdecken. Enttäuscht kehrte sie in ihr Zimmer zurück und warf sich auf das Bett. Sandy hatte etwas auf dem Kerbholz, das stand für Lilo fest. Aber er schien bedeutend klüger und gerissener zu sein, als sie vermutet hatte. Falls er schmuggelte, war die Ware sehr gut versteckt. Aber wo? Wo? Wo?

Moment mal! Das Superhirn richtete sich auf. Natürlich, jetzt wusste sie es. Der Fall war für Lieselotte klar. Und was im Augenblick nur ein Verdacht war, erwies sich bald darauf als richtig! Zum Glück konnte der Trainer den jungen Sportler vor dem Schlimmsten bewahren und ihn auf die rechte Bahn zurückbringen!

KRIMI-FRAGE:

Was war Lieselotte eingefallen?

Anton, der Angeber

In seiner Klasse gab es einen Jungen, den Dominik nicht ausstehen konnte. Er hieß Anton und war der größte Angeber der Welt. Sein Vater fuhr immer die schnellsten Autos, seine Mutter trug den teuersten Schmuck und er selbst erlebte die tollsten Sachen. Doch kein Wort von dem, was Anton erzählte, war wahr. Er log, dass sich die Balken bogen. Trotzdem gab es einige in der Klasse, die seine Aufschneidereien großartig fanden und in der Pause bewundernd um ihn herumstanden.

Dominik war schon allein deshalb auf Anton sauer, weil ihn selbst keiner seiner Schulkollegen so sehr bewunderte. Dabei spielte er beim Theater, hatte schon in Filmen mitgewirkt und war als Mitglied der Knickerbocker-Bande in die irrsten Fälle verwickelt. Ich muss den anderen einmal beweisen, dass Anton immer schwindelt und sie ihm nicht jeden Mumpitz glauben sollen!, dachte Dominik.

Dieser Tag kam. In der 10-Uhr-Pause berichtete Anton von seinem neuesten Wochenenderlebnis: „Ich habe an einem Weltrekordversuch teilgenommen. Wir haben es auch geschafft, den höchsten Turm aus Münzen zu bauen. Er besteht aus 660 322 einzelnen Münzen, stellt euch das vor! Damit komme ich ins Buch der Rekorde. Bereits im nächsten Jahr werdet ihr dort meinen Namen lesen."

Wieder einmal fielen die anderen Schüler auf diese Geschichte herein und staunten und hauchten „Ah!" und „Oh!". Aber Anton war noch nicht fertig: „Ich hatte bei diesem Weltrekordversuch die wichtigste Aufgabe. Ich habe die Münzen gezählt, damit alles mit rechten Dingen zugeht!"

Dominik verdrehte die Augen und blubberte mit den Lippen. Er hielt das Gequassel kaum noch aus. Plötzlich aber wusste er, dass er Anton diesmal die Schwindelei auf der Stelle nachweisen konnte. Der Angeber errötete bis in die Haarspitzen und gab zähneknirschend zu, dass Dominik Recht hatte.

KRIMI-FRAGE:

Was konnte Dominik beweisen?

BERNHARDINER MIT FÜHRERSCHEIN

Es war bereits kurz vor 22 Uhr, als Axel auf seinem Mountainbike auf der Landstraße nach Hause radelte. Er beugte sich tief über die Lenkstange und trat fest in die Pedale, denn er wollte so schnell wie möglich sein Ziel erreichen. Rund um ihn herrschte rabenschwarze Nacht, die ihm Angst einjagte.

Die Fahrradlampe, die über dem Vorderrad befestigt war, warf nur einen schwachen und nicht sehr langen Lichtkegel auf den grauen Asphalt der Fahrbahn. Obwohl Axel bereits zwanzig Minuten fuhr, war ihm bisher noch kein einziges Fahrzeug entgegengekommen. „Schneller, schneller, schneller!", trieb sich der Junior-Detektiv selbst an.

Plötzlich flammten links vor ihm zwischen den Bäumen eines kleinen Waldes zwei Scheinwerfer auf. Axel erschrak so sehr, dass sein Herz einen Sprung machte. In der nächsten Sekunde hörte er, wie ein Motor gestartet wurde, und atmete erleichtert auf. Es handelte sich also um ein Auto, das auf einem Waldweg abgestellt war. Der Junge vermutete darin ein Liebespaar, das … na ja … hmmmm! Axel verringerte sein Tempo, da die Wagenscheinwerfer ihn blendeten, und hielt an.

„Saukerl, schalt das Abblendlicht ein!“, schrie er wütend, als das Fahrzeug an ihm vorbeirollte. Für den Bruchteil einer Sekunde konnte er durch die Windschutzscheibe in das Innere des Wagens blicken. Dieser eine Blick genügte, um ihn fast aus dem Sattel zu kippen.

Am Steuer des Autos saß ein Bernhardiner! Axel presste die Augen fest zusammen, riss sie wieder auf und wollte sich vergewissern, ob er richtig gesehen hatte. Aber da war das Auto bereits einige Meter hinter ihm und raste davon. Der Junge zitterte vor Angst und Aufregung am ganzen Körper. Hatte er geträumt? Oder war da gerade wirklich ein Bernhardiner Auto gefahren?

Den Rest der Strecke legte Axel im Rekordtempo zurück, und zu Hause angekommen, telefonierte er sofort mit seiner Freundin Lilo.

Das Superhirn der Bande glaubte ihm zuerst kein Wort. „Quatsch nicht, du willst mich nur auf den Arm nehmen!“, sagte Lilo lachend.

„Nein, es war wirklich so!“, versicherte ihr Axel.

Das Mädchen wollte mehr über das Auto wissen. „Wie hat es ausgesehen? Konntest du etwas erkennen?“

Axel überlegte. „Nicht sehr viel, weil die Scheinwerfer auf Fernlicht geschaltet waren und mich total geblendet haben.“

Lilo kam ein Verdacht: „Das kann Absicht gewesen sein!“

In Axels Erinnerung tauchte jetzt aber doch einiges

auf: „Das Auto war glaube ich dunkelgrün, altes Modell! So ein Sportwagen aber mehr weiß ich nicht!"

Am anderen Ende der Leitung herrschte für einige Sekunden Stille.

„He, bist du noch dran?", erkundigte sich Axel.

„Ja", meldete Lieselotte. „Aber mir ist gerade etwas eingefallen. Es kann nur ein Zufall sein, aber vielleicht auch nicht ... Heute am Nachmittag ist bei dir in der Nähe ein Juwelier überfallen worden. Der Täter trug eine Panzerknacker-Maske und hat Schmuck im Wert von vier Millionen geklaut. Er ist zu Fuß entkommen. Der Juwelier hat ihn aber verfolgt und beobachtet, dass er in einen grünen Sportwagen eingestiegen und damit geflüchtet ist. Das Kennzeichen war abmontiert und die Marke hat er auch nicht erkennen können."

Axel spann Lieselottes Gedanken weiter. „Du denkst, der Dieb hat sich im Wald versteckt und nun die Fahrt fortgesetzt!", sagte er.

Das Superhirn bejahte. „Du musst sofort die Polizei verständigen und Meldung machen", riet ihm Lilo. „Schließlich gibt es jetzt einen wichtigen Hinweis auf das Fluchtauto, der die Fahndung bedeutend einfacher macht. Grüne Sportwagen gibt es viele, aber ..."

„... nur einer wird von einem Bernhardiner gelenkt!", fiel Axel ihr ins Wort.

„Karierter Quatsch", schnauzte ihn Lilo an. „Es geht um etwas ganz anderes. Kapierst du nicht?"

Axel brummte etwas, was nach Nein klang, und war wütend auf sich selbst. Wieso hatte seine Freundin den Durchblick und er nicht?

Übrigens: Die Fahndung war erfolgreich. Noch in derselben Nacht wurde der Juwelendieb gefasst. Es handelte sich um eine junge Frau, die bereits in mehreren Ländern gesucht wurde. Ihr „Komplize", der Bernhardiner, war bei ihr. Die Beute konnte im Wald sichergestellt werden, wo sie die Frau vergraben hatte.

KRIMI-FRAGE:

Welcher wichtige Hinweis
hat der Polizei sehr geholfen?

EIN FUSSBALL WIRD ENTFÜHRT

„Trixi ist ein mieses, blödes Biest und am liebsten würde ich ihr in die Fresse hauen!“, tobte Marco und versetzte seinem Punchingball einen festen Faustschlag.

„Reg dich ab, Marco!“, beruhigte Axel den schlagkräftigen Jungen.

„Erzähl lieber endlich, was Trixi dir Entsetzliches angetan hat!“, forderte ihn Lilo auf.

„Die Sumpfziege hat meinen Fußball entführt. Das ist der Fußball, auf dem die gesamte Nationalmannschaft unterschrieben hat. Und jetzt fordert die Seegurke Lösegeld. Sie will mein Taschengeld von *drei* Monaten!“

Marco trommelte wild auf den Boxball und drehte sich dann einen Augenblick weg. Das hätte er allerdings nicht tun sollen. Der Punchingball schwang zurück und traf ihn auf den Rücken, sodass er nach vorne geschleudert wurde. Der verdutzte Junge landete in Lilos Armen.

„He, was soll das sein? Eine Liebeserklärung?“, spottete Dominik.

Marco stand energisch wieder auf und schnaufte erbost: „Natürlich nicht!“ Er zog einen zerknitterten Brief aus der Hosentasche und reichte ihn der Knickerbocker-Bande. „Willst du deinen Fußball wieder sehen, dann lege 30 Mäuse in den Papierkorb im Park beim Spielplatz" stand darauf. Der Fußball-Entführer hatte sich die Mühe gemacht, jeden Buchstaben einzeln aus der Zeitung auszuschneiden.

„Wann ist der Ball gestohlen worden?", fragte Lilo.

Marco wusste es genau. „Vor zehn Minuten lag er noch in meinem Zimmer. Als ich kurz ins Bad gegangen bin, ist er verschwunden. Dafür war dieser Käsezettel da."

„Und wo steckt Trixi?", erkundigte sich Poppi.

Marco deutete mit dem Daumen nach unten. „In der Küche, aber sie behauptet, nichts mit der Sache zu tun zu haben. Macht euch nützlich, Leute, und prügelt die Wahrheit aus ihr heraus!", verlangte der Junge.

„Wir prügeln nicht!", sagte Lilo scharf. „Wir haben andere Methoden zu erfahren, was los ist."

Die vier Junior-Detektive marschierten in die Küche, wo Trixi – Marcos große Schwester – den Geschirrspüler einräumte. „Tagchen. Schön, dass ihr mein Brüderchen wieder einmal besucht. Bubi braucht Freunde zum Sandspielen!", ätzte das Mädchen, das sich viel darauf einbildete, bereits 16 Jahre alt zu sein.

„Hör zu, Trixi, wir sind keine Sandkistenkinder, sondern Detektive!", fauchte Axel.

„Babykram!", spottete Trixi.

Lieselotte pflanzte sich vor ihr auf und fragte: „Sag, wo warst du in der vergangenen Viertelstunde, als Marcos Fußball entführt wurde?"

Trixi bekam einen Lachkrampf. „Ein Fußball … entführt … hahaha! Aber ich verweigere die Aussage nicht, Frau Kommissar!“, flötete sie theatralisch. „Ich saß hier in der Küche und habe einen Teller frisch gepflückte Blaubeeren gegessen. Die sind gesund und gut für die schlanke Linie. Aber davon versteht ihr nichts!“

Lilo überging diese Frechheit. „Hast du Beweise oder Zeugen?“, forschte sie weiter.

Trixi deutete in den offenen Geschirrspüler, wo ein blau verschmierter Teller stand. „Zufrieden?“, fragte sie und grinste von einem Ohr zum anderen. Wie ein Löwe präsentierte sie drohend ihre strahlend weißen Zähne. Wie ein Löwe, der demnächst zubeißen würde.

„Ja, wir sind zufrieden!“, sagten die vier Junior-Detektive im Chor. „Vor allem haben wir einen neuen Fall gelöst. Du rückst am besten sofort den Fußball heraus, oder sollen wir dein Zimmer durchsuchen? Dabei finden wir bestimmt ein paar witzige Liebesbriefe!“

Entsetzt rannte Trixi los und brachte tatsächlich den Fußball zurück. „Wie seid ihr darauf gekommen?“, fragte sie völlig verwirrt.

„Weil du geschwindelt hast und wir dir dahintergekommen sind!“, sagte Dominik cool.

Die vier waren eben doch keine Sandkistenkinder!

KRIMI-FRAGE:

Was hat Trixi verraten?

TENNISTERROR

Boris hoffte, einmal ein großer Tennisstar zu werden, und trainierte dafür Tag und Nacht. Obwohl er nicht älter als Axel war, hatte er bereits zahlreiche Jugendturniere und mehrere Meisterschaften gewonnen. Ihm wurde eine große Tenniszukunft vorhergesagt. Axel und Boris waren gut befreundet und spielten manchmal Tennis miteinander. An diesem Sonntagnachmittag hatten sie sich auf dem Tennisplatz verabredet, um ein kleines Match zu wagen.

Als Axel eintraf, fand er allerdings einen völlig verstörten Boris vor. „Ich … ich … habe Angst", stotterte der Junge. „Papa nennt mich einen Feigling, der die Mäuse husten hört, aber das bin ich nicht. Das sind alles keine Zufälle. Das sind Anschläge auf mich!"

Axel verstand nur Bahnhof. „Langsam und der Reihe nach. Was ist los?", fragte er.

Boris erzählte ihm Folgendes: „Gestern am Nachmittag hatte ich keinen Trainer. Deshalb habe ich gegen die Ballwurfmaschine gespielt. Das ist eine Maschine, die mir Bälle automatisch zuwirft. Alle zehn Sekunden einen. Aber plötzlich hat das Gerät durchgedreht und die Tennisbälle auf mich gefeuert, als wäre es ein Maschinengewehr. Ich habe mich ganz flach auf den Boden geworfen, damit ich nicht getroffen werde. Als der Spuk vorbei war, habe ich gleich meinen Vater geholt, aber er hat an der Ballwurfmaschine nichts Auffälliges entdecken können."

Axel kombinierte sofort: „Falls jemand an der Maschine herummanipuliert hat, hatte er genug Zeit, alles wieder zurückzustellen, während du zu deinem Vater gegangen bist."

Aber das war noch nicht alles.

„Heute Mittag habe ich fürchterlich geschwitzt und wollte nach dem Training duschen. Ich habe mich unter die Brause gestellt und das kalte Wasser aufgedreht. Es kam auch. Aber schlagartig wurde es siedend heiß und ich habe mich verbrannt. Es hat höllisch wehgetan. Ich bin so schnell aus der Dusche gestürzt, dass ich ausgerutscht und auf den Boden geknallt bin. Mein Oberschenkel ist total blau!"

Auch für diesen Vorfall gab es eine Erklärung: „Jemand hat die Kaltwasserzufuhr abgedreht und das heiße Wasser auf höchste Temperatur gestellt!", überlegte Axel laut. Er ließ sich von Boris zu der Dusche führen und untersuchte die Rohre. Zwei Handgriffe genügten um aus allen Duschen brennend heißes Wasser fließen zu lassen.

Auf dem verdreckten, feuchten Boden des Waschraums glänzte etwas. Axel bückte sich und hob eine Sonnenbrille auf. Sie bestand aus einem dünnen Metallgestell und zwei runden, dunklen, klar polierten Gläsern. Der Detektiv hatte den Verdacht, dass sie derjenige verloren hatte, dem Boris die üblen Streiche verdankte. Die Brille lag einfach zu nahe bei den Rohren.

Axel zeigte sie seinem Freund. „Hast du eine Ahnung, wem die gehört?"

Boris wusste es nicht. Deshalb marschierte der Knickerbocker damit über den Tennisplatz und hielt sie jedem unter die Nase. Erst beim 22. Versuch hatte er Glück. Ein Junge namens Ottwin gab zu, dass es sich um seine Sonnenbrille handelte.

„Wo hast du sie gefunden?", wollte er wissen.

„Im Duschraum!", antwortete Axel wahrheitsgemäß.

„Ich habe sie vor zwei Wochen verloren und schon überall gesucht!", erzählte Ottwin.

Boris kniff wütend die Augen zusammen, als ihm Axel berichtete, wer der Besitzer der Brille war. „Diese miese Type!", fauchte er. „Er ist neidisch und eifersüchtig, weil ich hier die Nummer eins bin. Er wollte mich ausschalten. Deshalb hat er die Ballmaschine falsch eingestellt und deshalb wollte er mich verbrühen."

Axel musste Boris leider Recht geben. Auch er war von Ottwins Schuld überzeugt. Der Junge hatte nämlich zweifellos gelogen.

KRIMI-FRAGE:

Was stimmte nicht?

HEISSE KLAMOTTEN

Poppi saß vor dem Fernseher und streichelte ihre drei Katzen. Dabei sah sie sich die Nachrichten an, die von einem Großbrand in einer Lagerhalle berichteten.

„Bei dem Brand wurden teure Jacken, Hosen und Hemden einer Luxusfirma vernichtet. Der Schaden beträgt mehrere Millionen, ist aber durch Versicherungen abgedeckt", berichtete der Reporter. Dazu wurden Bilder des völlig niedergebrannten Hauses gezeigt. Wie Skelette standen die zerbrochenen Regale zwischen den schwarzen Mauern. Da die Feuerwehr viel zu spät verständigt worden war, hatten die Flammen alles vernichtet. Der Besitzer der Hallen stocherte mit einem Stab in den verkohlten Stoffresten, die schon bei der leichtesten Berührung zu Staub zerfielen. Außer diesem schwarzen Stoffstaub war nichts geblieben.

Weiter sagte der Reporter: „Die Polizei hält die Möglichkeit einer Brandstiftung nicht für ausgeschlossen. Die Untersuchungen laufen noch und werden erst morgen abgeschlossen sein." Poppi hörte mit dem Streicheln auf, worauf die Katzen sofort lautstark zu miauen begannen. Das Mädchen wischte sich über das Gesicht und sagte zu sich selbst: „Das … das gibt's doch nicht. Das ist doch eigentlich klar. Ich meine … ich müsste die Sache noch aus der Nähe sehen, aber … ich bin sicher, dass hier jemand Geld von der Versicherung kassieren möchte. Für einen Schaden, der gar nicht so groß ist."

KRIMI-FRAGE:

Wie kommt Poppi auf diese Idee?

GEFANGEN IN DER WASSERGRUFT

Eigentlich hatten die vier Freunde ihr neues Schlauchboot ausprobieren wollen. Lilo trug es in einem Rucksack auf dem Rücken. Als sie auf dem Weg zum See bei einem kleinen Haus vorbeikamen, machten sie jedoch eine schreckliche Beobachtung. Eine junge Frau bedrohte einen alten Mann und knöpfte ihm ein Bündel Banknoten ab. Danach wollte sich die Frau aus dem Staub machen, aber die Bande heftete sich an ihre Fersen. Die Unbekannte schien nicht zu bemerken, dass sie verfolgt wurde. Sie lief quer durch die Stadt auf ein altes Kraftwerk zu.

Als sie dort angekommen war, drehte sie sich völlig überraschend um und bedrohte die Knickerbocker-Freunde mit einer Pistole. „Jetzt hat das Räuber-und-Gendarm-Spiel ein Ende!“, zischte sie und gab Axel, Lilo, Poppi und Dominik ein Zeichen, vor ihr herzugehen.

Die Frau brachte die vier zu einem Gebäude, das mit einer schweren Eisentür verschlossen war. Sie öffnete die Tür, stieß die Knickerbocker-Bande in einen hohen, leeren Raum und schloss ab. Gleich darauf hörten die vier Freunde ein eigenartiges Quietschen und Knirschen. Im Licht der kanaldeckelgroßen runden Öffnung, die sich mindestens fünf Meter über ihnen befand, erkannten sie ein Rohr in der Wand, aus dem ein Sturzbach schoss. Die Bande saß in einem Wassersammelbecken gefangen, in dem die Frau sie ertränken wollte.

Lieselotte versuchte einen kühlen Kopf zu bewahren. Einfach war das allerdings nicht. Das Wasser stand ihr bereits bis zu den Knöcheln. Doch sie schaute sich ruhig um und schließlich hatte sie eine Idee.

Der Knickerbocker-Bande gelang es, nass, aber unverletzt zu entkommen. Die Diebin konnte aufgrund ihrer genauen Beschreibung festgenommen werden.

KRIMI-FRAGE:

Was haben die Knickerbocker gemacht?

DER SCHOCK IM SUPERMARKT

(EIN FALL FÜR LILO)

Jeden Tag, Schlag 7 Uhr 45, treffe ich mich mit Petra, Margit und Susi vor dem Supermarkt „Treffpunkt".

Als ich vor einiger Zeit wieder einmal dort ankam, standen die anderen drei Girls im Regen. Und das bei strahlendem Sonnenschein. Die Tropfen fielen auch nicht vom Himmel, sondern aus ungefähr 1 Meter 87 Höhe, aus den Augen von Sindy Klinger. Sie ist genauso alt wie ich, aber trotzdem um fast zwei Köpfe größer. Ein Schluchzer nach dem anderen erschütterte die arme Sindy, die wir liebevoll „Schreckstange" nannten. „Ich war vorhin im Supermarkt, um mich mit frischen Farben einzudecken", berichtete sie uns. (Gemeint sind Lidschatten, Wimperntusche und andere Farben zur Kriegsbemalung.)

„An der Kasse habe ich natürlich alles, was ich genommen habe, bezahlt. Doch vor der Ausgangstür hat mich ein Herr aufgehalten: der Filialleiter, diesmal unterwegs als Schnüffler (= Supermarkt-Detektiv). Er hat behauptet, ich sei der Ladendieb, dem er schon lange auf der Spur sei, und ich hätte einige Sachen mitgehen lassen. Natürlich habe ich das bestritten. Aber dann hat er zwei Tafeln Trüffelschokolade und eine Stange Kaubonbons aus meiner Manteltasche gezogen. Für ihn steht fest, dass ich eine Ladendiebin bin. Er wird meine Eltern verständigen, und das gibt die Katastrophe des Jahrhunderts!“

Das war wohl der mieseste Trick, von dem ich je gehört habe. Der wirkliche Ladendieb hat zweifellos Sindy die Süßigkeiten in die Tasche gesteckt. Wahrscheinlich war es jemand von unserer Schule, der sich später das Diebesgut in der Schulgarderobe wiederholen wollte. Er machte sich dabei die Finger nicht schmutzig und blieb völlig unverdächtig.

Sindy begann wieder heftig zu schluchzen. „Hör auf zu heulen“, bat ich sie. „Denk lieber nach, wem aus unserer Schule du im Supermarkt begegnet bist.“

Sindy zerbrach sich ihr hübsches Köpfchen und meinte schließlich: „Der Robert und der Karl aus meiner Klasse sind an mir vorbeigekommen.“

„Hat dich einer angerempelt?“, habe ich weitergeforscht. Wieder heftiges Nicken von Sindy. „Beide!“, lautete ihre Antwort. Es gab also zwei Verdächtige.

Für mich stand fest: Der gemeine Dieb würde wieder zuschlagen. Ich wollte ihm auflauern und damit Sindys Unschuld beweisen.

Der nächste Tag brachte mich dann ganz schön ins Schwitzen. Aber nicht nur, weil die Herbstsonne sich einmal an den Wetterbericht hielt und vom Himmel brannte.

Gleich um 7 Uhr 30 bezog ich Posten im Supermarkt.

Ich wühlte in den Fertigsuppen und warf immer wieder ein Auge auf den Eingang. Bereits vier Minuten später sauste Robert durch die Schwingtür. Dabei wäre er fast mit seinem Regenschirm hängen geblieben, den er lässig über den Arm gehängt hatte. Ganz auf Sir. Wenige Sekunden später rauschte auch Karl in den Laden. Zielstrebig rannte er in die Süßwarenabteilung, wo er sich lange aufhielt. Anscheinend wollte er die Preise auswendig lernen. Als die beiden Verdächtigen schließlich der Kasse zustrebten, stürzte ich mich auf einen und zischte: „Sehr tapfer! Diesmal wolltest du wohl die gemopsten Sachen selbst hinausschmuggeln. Daraus wird nichts! Du gehst jetzt zum Filialleiter und gestehst, dass du gestern Sindy die Sachen in die Tasche gesteckt hast!"

Er hat es getan, und die „Schreckstange" war von jedem Verdacht befreit. Übrigens verständigte der Filialleiter nicht die Polizei, sondern verhängte nur Einkaufsverbot über den Dieb.

KRIMI-FRAGE:

Wer war der Ladendieb
und wie kam Lilo auf ihn?

DAS KANAL-KROKODIL

Ein dumpfer, schmerzerfüllter Schrei gellte durch die enge Gasse.

„Der Schrei ist aus einem der Hochhäuser gekommen“, stieß Poppi aufgeregt hervor. Doch ihre Knickerbocker-Freunde Axel, Lilo und Dominik schüttelten wie auf Kommando alle drei die Köpfe.

„Nein … Da hat jemand … im Kanal geschrien!“, vermutete Dominik, der Geräusche immer sehr gut orten konnte.

Lilo deutete nach vorne. „Dort … dort ist ein runder Kanaldeckel offen. Mitten auf der Straße. Und da ragt etwas heraus … Eine Leiter!“

Die Knickerbocker-Bande reiste in den Ferien mit Lilos Onkel Jim durch die USA. Zurzeit hielten sie sich in New York auf, wo sie gerade durch eine kleine, unbefahrene Gasse abseits des großen Trubels geschlendert waren.

Als die vier vor dem offenen Kanal standen und in die dunkle Tiefe blickten, fiel Dominik ein Zeitungsartikel ein, den er vor einiger Zeit gelesen hatte. „Angeblich sollen viele Bewohner von New York kleine Krokodile aus dem Urlaub mitgebracht haben“, berichtete er. „Als die

Tiere größer wurden, sollen die New Yorker sie in der Toilette hinuntergespült haben. Seither leben die Krokodile in den Kanälen. Vielleicht hat eines von ihnen gerade gebrüllt?"

Lilo machte eine verächtliche Handbewegung. „Blödsinn", meinte sie.

„Help! Help!", drang eine schwache, wimmernde Stimme aus dem Dunkel.

Mutig traten Axel und Lilo auf die Leiter zu. Als echte Detektive hatten sie immer eine Taschenlampe bei sich. Sie knipsten sie an und stiegen in die Tiefe. Allerdings nicht ohne Herzklopfen!

Die feuchte, muffige Luft des Kanals empfing sie. Die beiden Knickerbocker leuchteten hinunter und ließen die Lichtpunkte über die glitschigen Kanalwände gleiten.

„Da ... da unten ... auf dem schmalen Betonstreifen neben dem Abwasserrinnsal ... da liegt ein Mann!", rief Lilo.

Nun erkannte auch Axel eine bullige, dunkelhäutige Gestalt in einem Overall. Vorsichtig ließen sich die beiden neben dem Mann nieder. Er hatte die Augen geschlossen und stöhnte leise. Lilo kam an ihm etwas seltsam vor. Doch sie fand nicht gleich heraus, was es war. Vielleicht das schmale, hagere Gesicht, das ganz und gar nicht zu dem dicken Körper passte?

„Hallo ... Mister!", rief Axel.

Der Mann blickte ihn an und richtete sich auf. Ächzend rieb er sich den Kopf. Er stieß ein paar englische Wörter hervor, die Lieselotte übersetzte.

„Er ist Kanalräumer ... jemand hat ihn niedergeschlagen, als er in den Kanal gestiegen ist. Dieser Jemand ist dann weitergerannt!"

„Stopp! Stopp!", brüllte eine tiefe Stimme in einiger Entfernung auf Englisch. Schnelle Schritte wurden hörbar. Aus dem Dunkel der riesigen Kanalröhre tauchte ein Mann in grüner Uniform auf. Er schien zu einer Wachmannschaft zu gehören.

„Bank robbery!", schrie er. Wieder übersetzte Lilo, was der Wächter erzählte.

„Jemand hat einen Gang zu einem Banktresor gegraben und den Tresor aufgeschweißt. Er hat ihn geplündert und ist mit einer Millionen-Dollar-Beute durch den Kanal geflohen!"

„Dann hat der Bankräuber also dem Kanalräumer eins über die Rübe gezogen", kombinierte Axel.

Der dunkelhäutige Mann erhob sich nun und hinkte zur Leiter. Langsam kletterte er hinauf.

Der Wachmann der Bank wollte sich nicht länger aufhalten und rannte weiter. Der Bankräuber durfte nicht noch mehr Vorsprung bekommen. Das kreischende „Stopp! Stopp! Stopp!" des Mannes verhallte langsam in den unterirdischen Gängen. Verdutzt standen die beiden Detektive nun da und blickten einander fragend an.

„Moment", murmelte Lilo. „Ich kann mich auch täuschen, aber ich glaube, wir haben gerade vorhin vor dem Bankräuber gestanden."

Axel lächelte müde. „Jetzt spinnst du", meinte er. „Es hat doch weder der Wachbeamte noch der Kanalräumer eine Tasche getragen. Und wo soll er den Berg Banknoten sonst versteckt haben? Geschluckt?"

Trotzdem beharrte Lilo darauf, ihren Verdacht der New Yorker Kriminalpolizei mitzuteilen. Eine Woche später wurde der Dieb auch tatsächlich gefasst. Aus der Zeitung erfuhr Lilo, dass sie Recht gehabt hatte.

KRIMI-FRAGE:

Wer war der Bankräuber?

KATASTROPHE BEIM ROCKKONZERT

15 000 tobende Fans erwarteten ungeduldig den Auftritt des Popstars Jack Michaels. Zu diesem Zeitpunkt lag ihr Idol aber in der Garderobe auf dem Boden und krümmte sich vor Schmerzen.

„A doctor! I need a doctor!“, stöhnte Jack. Sein Gesicht war verzerrt und die Arme hielt er auf den Bauch gepresst. Immer wieder wurde er von Krämpfen geschüttelt.

Zwei Minuten später kniete der Arzt, der während des Konzertes zur Betreuung des Sängers anwesend war, neben ihm. Hinter ihm drängten sich vier Gestalten, die neugierig über seine Schultern spähten.

Wie praktisch, einen Onkel zu haben, der Jack Michaels behandelt, dachte Dominik zufrieden. So war er mit seinen Knickerbocker-Freunden nun hautnah dabei.

„Es handelt sich um eine schwere Vergiftung“, stellte Dominiks Onkel Jim fest. „Mister Michaels muss sofort ins Krankenhaus eingeliefert werden.“

Eine halbe Stunde vor Beginn wurde das Konzert abgesagt. Das Publikum verließ enttäuscht das Stadion. Man versprach den Leuten, dass sie das Eintrittsgeld zurückerstattet bekämen.

Die vier Knickerbocker schlenderten hinter der Bühne an den Türen der Garderoben entlang. Dominiks Onkel war mit dem Popstar ins Krankenhaus gefahren und hatte sie zurückgelassen. Sie suchten nun den Ausgang und wollten mit der Straßenbahn nach Hause fahren.

„Oh nein! Oh nein! Oh nein!“, hörten sie plötzlich jemanden hinter einer der Türen stöhnen.

Neugierig schlich Poppi näher und spähte durch das große Schlüsselloch. Sie erblickte einen kleinen Mann, der seinen kahl geschorenen Kopf in die Hände gestützt hatte und sehr verzweifelt zu sein schien. Ihre Freunde pressten die Ohren gegen die Tür.

„Ich bin ruiniert“, wimmerte er. „Ich habe alles auf dieses Konzert gesetzt. Alles! Dieser Michaels war der dickste Fisch, den ich je an Land ziehen konnte. Und jetzt, alles aus und vorbei!“ Ein junger Mann mit schulterlangem Haar legte ihm beruhigend die Hand auf die Schulter.

Da läutete das Telefon und der jüngere der beiden Männer hob ab. Er brummte immer wieder „Aha … jaja … so … aha“ in den Hörer und legte schließlich auf.

„Das war das Krankenhaus“, teilte er dem anderen mit. „Michaels ist über den Berg. Er hat eine Überdosis Abführmittel erwischt. Daher die Bauchkrämpfe. Spätestens übermorgen kann er wieder auftreten.“

„Ich habe schon viel mit Popstars erlebt“, murmelte der Kahlgeschorene, „aber für Abführmittel hat noch keiner eine Schwäche gehabt. Jedenfalls nützt es uns nichts, wenn er morgen wieder auf den Beinen ist. Da steht er nämlich bereits in England auf der Bühne."

Plötzlich sprang der Glatzkopf aus dem Sessel und brüllte: „Diesen Schnulzen-Heini verklage ich! Es ist seine Schuld, dass das Konzert ausgefallen ist. Von seiner Millionengage sieht er keinen Groschen."

Poppi und die anderen schafften es nicht mehr, rechtzeitig zur Seite zu springen. Der Langhaarige hatte nämlich plötzlich die Idee, aus der Garderobe zu stürzen, und drückte die Tür mit Schwung auf. Peng! Schon knallte sie gegen die Knickerbocker-Köpfe. „Auaaa!", stöhnten die vier auf. Das würde Beulen geben.

„Entschuldigt", murmelte der Bursche, „aber was habt ihr hier eigentlich zu suchen?" Dann stutzte er und musterte die vier Freunde der Reihe nach. „Euch kenne ich doch", murmelte er. „Seid ihr nicht diese Bande, die schon ein paar Gauner ins Kittchen gebracht hat?"

Die vier Freunde nickten stolz.

„Ihr steht vor Theo Graup, seines Zeichens Assistent des berühmten Konzertmanagers Tobias Tollar", stellte sich der Langhaarige vor. „Ihr wisst natürlich schon, was geschehen ist."

Wieder nickten die Knickerbocker.

„Kommt, wir schnüffeln einmal ein bisschen in Jack Michaels Garderobe herum", lud Theo sie ein.

Aber in der Star-Garderobe, die die Größe eines Turnsaales hatte, lagen nur die Glitzerklamotten des Sängers herum. Jack hatte nämlich die Angewohnheit, sich während jedes Konzerts mehrere Male umzuziehen.

„He, da … schaut mal", rief Axel. Er kroch auf dem Bauch unter ein mächtiges Bett und holte zwei kleine, braune Fläschchen hervor. „SAGILAX" stand auf den Etiketten.

„Sagilax, das geschmacklose Abführmittel", flötete Theo den Werbespruch, der oft im Radio zu hören war.

Lilo war nun einiges klar: „Jemand war in der Garderobe und hat Jack das Zeug in ein Getränk gemischt. Na ja, so viele Leute können das doch nicht gewesen sein."

Der Assistent von Tobias Tollar überlegte kurz. „Natürlich war ich da … Tobias auch … außerdem Lydia vom *Rock-Express* – das ist eine Musikzeitschrift." Plötzlich stutzte Theo. „Lydia ist die Freundin von Paul Gamma", fiel ihm ein. „Und Paul Gamma ist ebenfalls Konzertveranstalter. Er hätte Jack Michaels nur zu gerne unter Vertrag genommen. Vielleicht war das seine Rache! Er hat Lydia gebeten, Michaels das Zeug zu verabreichen." Theo wollte Paul Gamma noch am selben Tag einen Besuch abstatten. Doch als er mit den Knickerbocker-Freunden aus der Garderobe trat, traute er seinen Augen nicht.

Ein Stück weiter prügelten sich zwei Männer. Einer davon war der glatzköpfige Tobias Tollar. Den anderen kannten die vier Freunde nicht.

„Paul Gamma … das ist er!“, zischte ihnen Theo zu.

„Du mieses Musikmuffelschwein“, keuchte Herr Tollar und nahm seinen Rivalen in den Schwitzkasten. „Du hast Michaels fertiggemacht, damit ich Bankrott gehe!“

„Reg dich doch ab, du wimmerndes Warzenschwein“, brüllte Herr Gamma. „Die Versicherung deckt den gesamten Schaden. Ich weiß, du hast eine abgeschlossen. Und morgen hat sich Michaels von dem Sagilax-Zeug erholt und kann auftreten. Dann kassierst du sogar ein zweites Mal. Ein schlauer Plan, das muss ich dir lassen!“

„Du elender Lügenaffe, das ist nicht wahr. So eine Idee kann nur in deinem kranken Kopf entstehen, weil du zu viel miese Musik hörst!“, tobte Tobias Tollar.

Theo Graup runzelte die Stirn. Das klang alles ziemlich verwirrend. Doch da legte Lilo die Hand auf seinen Arm und flüsterte ihm ins Ohr: „Bitte ruf die Polizei. Einer der beiden hat Jack Michaels vergiftet!“

Der Name, den Lilo den Kriminalbeamten nannte, erwies sich als richtig. Und das Honorar, das die Bande für die Lösung des Falles erhielt, war Super-Spitzen-Klasse: vier echte Autogramme mit Widmung von Jack Michaels höchstpersönlich!

KRIMI-FRAGE:

Wer hat den Popstar vergiftet?

KUMMERFALTEN AUF DER DACKELSTIRN

(EIN FALL FÜR POPPI)

Es war in der Deutschstunde. Plötzlich knallte ein Schuss im Hof neben unserer Schule. Wir sind natürlich alle aufgesprungen und zum Fenster gestürzt, um nachzusehen, was geschehen war.

„Ein Mord! Ein Mord!", schrie Monika, die eine Schwäche für Katastrophen hatte.

„Ich sehe eine Leiche!", verkündete Gustav, der ein unglaublicher Schwindler war.

„Hoffentlich knallt uns der Mörder nicht auch ab!", rief Gerald und ging hinter seinem Tisch in Deckung.

Genau neben unserer Schule befindet sich ein großer Hof mit Rasen und Bäumen. Die Hoftür flog quietschend auf, und heraus stolperte kein Mörder, sondern der alte Herr Theo Triefnas. Unter seinem Mantel, eng an sich gepresst, hielt er seinen struppigen, vierbeinigen Freund Plempi.

Besondere Kennzeichen: krumme Beine, schlurfender Gang, treuherzige Augen und große Ohren. Damit ist aber nicht der Dackel gemeint, sondern das Herrchen. Wir alle kannten Herrn Triefnas, da er oft vor der Schule mit Plempi spazieren ging.

Gleich darauf tauchte das tomatenrote Gesicht eines

anderen Mannes in der Tür auf. Er schnaubte wie ein Nilpferd, dem man das Futter weggenommen hat.

„Das nächste Mal verfehle ich Ihren bekloppten Köter nicht!“, brüllte er. „Für den Schaden werden Sie brennen. Länge mal Breite. Ich hoffe, ihr Mistköter ist versichert!“

Herr Triefnas zitterte wie ein Wackelpudding.

Wenn es um liebe alte Leute und noch liebere Dackel geht, kann ich bei so etwas nicht einfach zusehen. Obwohl meine Deutschlehrerin getobt hat, bin ich in den Hof des Nachbarhauses hinuntergelaufen. Dort hatte sich Herr Triefnas auf eine Bank sinken lassen. Er war so außer sich, dass er zuerst keinen ganzen Satz über die Lippen brachte.

Endlich beruhigte er sich ein wenig und berichtete mir Folgendes: „Das war Herr Grobmüller, den ich aus dem Park kenne. Er hat mich heute Vormittag angerufen und zum Kaffee eingeladen. Ich habe mich sehr gewundert. Er kann mich doch eigentlich nicht riechen. Und Plempi schon gar nicht. Trotzdem bin ich hingegangen. Seit meine Frau gestorben ist, bin ich ziemlich allein. Plempi habe ich mitgenommen. Der arme alte Dackel hat gestern seinen vorletzten Zahn gezogen bekommen. Ich konnte ihn nicht zu Hause lassen. Zuerst war Herr Grobmüller zuckersüß. Er hat Plempi in der Küche sogar Wasser gegeben. Wir haben geredet und geredet, und plötzlich wollte mir Herr Grobmüller unbedingt sein

Fotoalbum zeigen. Er ist ins Schlafzimmer gestapft und schimpfte nicht einmal, als Plempi ihm folgte. Gleich darauf hat er wie wild gebrüllt. Ich bin zu ihm gestürzt und habe den Schreck meines Lebens gekriegt. Im Schlafzimmer lag ein Berg von Porzellanscherben. Herr Grobmüller hat behauptet, Plempi hätte ein Tischtuch heruntergezogen und dabei siebenundzwanzig kostbare Porzellanfiguren mitgerissen. Zusammen sind sie hunderttausend Mark wert. Plempi ist aber gar nicht versichert, und ich hab keine Ahnung, woher ich das Geld nehmen soll. Der brutale Kerl hat Plempi dann mit einem Fußtritt auf den Gang befördert und auf ihn geschossen."

Herr Triefnas griff sich ans Herz. Der Schreck hatte ihm schlimm zugesetzt. Plempi leckte seinem Herrchen liebevoll die Hand.

Ich habe die beiden nach Hause begleitet und wollte eigentlich zurück in die Schule. Dann habe ich aber allen Mut zusammengenommen und bei Herrn Grobmüller geläutet.

„Was willst du?", hat er mich angefahren.

„Die Leine von Plempi", schwindelte ich. „Herr Triefnas hat sie vergessen."

„Die ist nicht hier", war die lautstarke Antwort. „Außerdem kannst du diesem Triefnas ausrichten, dass sein Köter auch noch eine teure Holzmadonna erwischt und zerbissen hat. Die muss er ebenfalls ersetzen!"

Krachend flog die Tür zu.

Ich habe die Geschichte in der Schule den anderen berichtet, und da ist mir plötzlich ein Licht aufgegangen.

Herr Triefnas hat keinen Groschen herausrücken müssen. Herr Grobmüller hat die ganze Geschichte nämlich eingefädelt. Ihm selbst waren die Figuren vor ein paar Tagen heruntergefallen. Nun wollte er den Schaden dem armen Dackel Plempi „in die Schnauze" schieben. Deshalb hatte er ihn ins Schlafzimmer zu den Scherben gelockt. Man fand in seiner Jackentasche sogar noch Hundekuchen.

Der Schuss wurde nur aus einer Schreckschuss-Pistole abgegeben und sollte den armen Herrn Triefnas einschüchtern. Herr Grobmüller hatte Pech gehabt, dass ihm Poppi in die Quere gekommen war!

KRIMI-FRAGE:

Wodurch hat sich Herr Grobmüller verraten?

TELEFONTERROR

(EIN FALL FÜR AXEL)

Grüne Strümpfe, braune Röcke, lila Blusen – extrem geschmacklose Klamotten –, das sind die besonderen Kennzeichen meiner Mathematik-Madame. Ihr wirklicher Name ist Angelika Zirkelzahn und sie ist lieb und sanft wie ein Lamm. Auch bei Schüler-Schrei-Stärke 12 erklärt sie jedes Beispiel mindestens dreimal. Außerdem verteilt sie nie Strafen und prüft niemals aus Rache. Trotzdem wurde sie terrorisiert.

Durch Zufall habe ich erfahren, was im Gange war. In unserer Klasse versorgt nämlich immer einer alle anderen mit Schummelzetteln. Diesmal war ich dran und habe in der langen Pause die kleinen „Prüfungshelfer aus Papier" für den Geo-Test fotokopiert. Der Kopierer steht genau gegenüber dem Zimmer vom Direx, und da die Tür ziemlich dünn ist, kann man jedes Wort hören.

Trotz Pausenlärm war mir auf den ersten Lauscher klar: Drinnen weint jemand. Der Tonlage nach handelte es sich um die Zirkelzahn. „Jede Nacht werde ich genau dreimal angerufen", berichtete sie schluchzend. „Hebe ich ab, legt der Anrufer auf. Manchmal grunzt er auch noch ‚Schlachtet die Sinus-Sau', bevor er den Hörer auf die Gabel wirft."

Der Direx hat der Zirkelzahn einen Rat gegeben. „Stecken Sie das Telefon in die Waschmaschine und stopfen Sie ein Kissen drüber. Dann hören Sie das Läuten nicht!"

„Unmöglich", hat Frau Zirkelzahn gerufen. „Meine Mutter ist sehr alt und vielleicht ruft sie einmal in der Nacht an, weil sie Hilfe braucht."

Der Direx hat versprochen nachzudenken. Das hieß: Es wird nichts geschehen.

Deshalb habe ich am Nachmittag das Superhirn Lilo angerufen und ihr die ganze Geschichte berichtet.

Lilo hat auch sofort etwas Wichtiges kombiniert: „Der Telefonterrorist sitzt wahrscheinlich in einer sechsten Klasse. Die lernen nämlich die sogenannten Winkelfunktionen Sinus, Cosinus und Tangens!"

Mir ist gleich eingefallen, dass die Zirkelzahn nur in einer Sechsten unterrichtete.

„Dann musst du dich dort umhören", hat mir Lilo geraten.

Zum Glück habe ich gute Verbindungen zur 6 B, in der ich den Telefonterroristen vermutete. Meine liebe Cousine Nathalie drückt dort die Schulbank. Ich habe sie in der Pause besucht und ein bisschen ausgequetscht.

„Wer von euch sieht denn rot, wenn er den Namen Zirkelzahn hört?", habe ich sie gefragt.

„Der Freddi", meinte Nathalie sofort. „Er hat bereits drei Mofas zu Schrott gefahren, hat schon mehrere Ehrenrunden gedreht und steht in Mathe auf Fünf! Seine alten Herrschaften erpressen ihn nun mit Mofa Nummer vier. Er bekommt es nur, wenn er in Mathe gut wird! Aber ich kenne noch jemanden. Die schöne Susi, die Oberstreberin der Nation, hat auch einen ungeheuren Hass auf die Zirkelzahn. Weil die ihr letztes Jahr kein ‚Sehr gut' gegeben hat. Angeblich hätte sie ihr dadurch das schöne Zeugnis verpatzt."

Es könnte sich also um späte Rache handeln!, schoss es mir durch den Kopf.

Am nächsten Tag in der Pause wollte ich mir beide vorknöpfen. Ich habe mich vor die 6 B gestellt und gewartet. Als Erster ist der flotte Freddi erschienen. Für ihn war der Gang ein Laufsteg, auf dem er seine neuesten Hosen und Jacken Marke „Superteuer" vorführen konnte.

Er warf mir einen abschätzenden, grinsenden Blick zu und flötete aus dem Mundwinkel: „Na, Vorgartenzwerg? Soll ich Hackfleisch aus dir machen?"

Drei Sekunden später grinste er nicht mehr. Ich habe ihm nämlich den neuen Wurf vorgeführt, den ich im Karatekurs gelernt habe. „Gestehe", habe ich ihn angezischt, als er verdutzt auf dem Boden lag, „du krabbelst jede Nacht aus dem Heiabettchen und jagst die Zirkelzahn per Telefon aus den Federn!"

„Nein!", ächzte Freddi. Mehr brachte er nicht heraus.

„Schon einmal von einer Sinus-Sau gehört?", bohrte ich weiter. „Auch nicht!", stöhnte Freddi. „Aber Sinus-Sau ist gut. Werde ich mir merken!"

In diesem Augenblick riss er erschrocken die Augen auf. „Der Direx!“, stieß er hervor. Als ich den Kopf in Richtung Treppe drehte, rappelte sich Freddi blitzschnell auf und flüchtete. Vor mir!!!

Der Direx war natürlich weit und breit nicht zu sehen. Dafür aber tänzelte Susi, bekannt als „die Schöne“, aus der Klasse. Natürlich näherte ich mich ihr etwas sanfter. Schließlich bin ich kein Brutalo.

„Susilein“, flötete ich, „hast du in letzter Zeit Schlafstörungen?“ Susi starrte mich an wie das achte Weltwunder. Dann verzog sich ihr süßer, kleiner Mund zu einem hämischen Grinsen und sie antwortete: „Ja, weil ich von dir träume. Albträume nennt man so etwas!“

Ich ließ mich nicht aus der Ruhe bringen. „Susilein“, hauchte ich und wich nicht von ihrer Seite, „mein Vater ist bei der Post und gestern hat er bei der Zirkelzahn eine Fangschaltung eingebaut. Jetzt kann sie immer feststellen, wer bei ihr anruft! Sie wird nämlich jede Nacht terrorisiert!“ Susi erschrak nicht. Susi zuckte nicht zusammen. Susi blieb ungerührt.

„Na und“, sagte sie spitz, „ist mir doch egal. Ich käme nie auf die Idee, mit der Zirkelzahn zu telefonieren.“

„Wirklich nicht?“ Ich schickte ihr einen Blick Marke „superbohrend“.

„Hör zu, Schrumpfkaktus“, zischte Susi und ihre Stimme klang gefährlich drohend. „Ich denke nicht daran, meinen Schönheitsschlaf dreimal pro Nacht für einen bekloppten Scherz zu unterbrechen. Schnüffel woanders, aber nicht bei mir!" Sie drehte sich auf dem Absatz um und stöckelte hocherhobenen Hauptes davon.

Der Fall war für mich gelöst! Schon in der darauffolgenden Nacht konnte die Zirkelzahn wieder schlafen.

Den Telefonterroristen habe ich vor die Entscheidung gestellt: entweder Friede und ein Strauß Blumen – heimlich vor die Tür der Zirkelzahn gelegt. Oder selbst jede Nacht angerufen werden und Mitteilung an die alten Herrschaften, dass sie diese Störung ihrem Sprössling verdanken.

KRIMI-FRAGE:

Wer war der Telefonterrorist?

DER SAURIERKNOCHEN

„Und das ist wirklich ein echter Saurierknochen?“ Axel konnte es noch immer nicht glauben. Staunend betrachtete er das riesige Ding, das ihm bis zum Bauchnabel reichte und mindestens 20 Kilogramm wog.

„Das, lieber Neffe, ist das versteinerte Schienbein eines Tyrannosauriers“, erklärte ihm sein Onkel Titus. Onkel Titus war Forscher und hatte den Knochen in Afrika entdeckt. Seine Mitarbeiter gruben nun an der gleichen Stelle weiter und suchten nach den restlichen Knochen des Saurierskelettes.

„Onkel Titus, darf ich den Knochen meinen Knickerbocker-Kumpels zeigen?“, fragte Axel. „Sie stehen im Garten vor deinem Haus. Aber Poppi hat ihren Bernhardiner Puffi mit und deshalb sind sie nicht mit mir hereingekommen!“

„Der Hund darf mein Haus unter keinen Umständen betreten“, rief der Wissenschaftler aufgebracht. „Du weißt, ich bekomme Niesanfälle, wenn sich mir ein Hund nähert. Aber nimm den Knochen ruhig mit hinaus und bring ihn mir dann wieder!“

Stolz lief Axel in den Garten, wo der junge Bernhardiner Puffi ihn sofort stürmisch begrüßte. Er sprang in die

Höhe und stellte seine schweren Vorderpfoten auf die Brust des Jungen. Da sie voll Erde waren, hinterließen sie zwei prachtvolle Abdrücke auf Axels blütenweißem T-Shirt.

„Nicht, ab!", rief Poppi und grinste verlegen. „Puffi hat vorhin ein Loch in den Rasen gegraben. Er macht das in letzter Zeit oft und versteckt dann manchmal Bälle und ähnliches Zeug."

„Das T-Shirt kann man waschen", meinte Axel lässig und präsentierte seinen Kollegen den versteinerten Knochen. Dominik, Lilo und Poppi musterten ihn neugierig.

Da hielt mit quietschenden Reifen ein Auto auf der Straße. Ein kleines, hageres Männchen in einer grünen Latzhose sprang heraus und hetzte auf das Haus des Professors zu. Der Unbekannte stürmte durch die offene Tür und wenige Sekunden später ertönte lautes Geschrei.

Axel erschrak so sehr, dass ihm beinahe der Saurierknochen aus der Hand gefallen wäre. Vorsichtig legte er ihn auf einen Liegestuhl und lief mit seinen Freunden in das Haus, um nachzusehen, was geschehen war.

Poppi knotete vorher noch Puffis kurze Leine am Gitter des Kellerfensters fest, damit sich der Hund nicht losreißen konnte, und folgte dann den anderen.

Die Tür zum Arbeitszimmer von Onkel Titus stand einen Spalt breit offen, durch den die Knickerbocker hineinspähen konnten. Das Männchen stand mit hochrotem Gesicht vor dem Onkel und tobte. Es hatte den Forscher an den Aufschlägen seines Sakkos gepackt und beutelte ihn wie einen Apfelbaum.

„Sie sind der gemeinste Stümper, der mir je begegnet ist“, brüllte der kleine Mann.

Onkel Titus blieb völlig ruhig und schüttelte den aufgebrachten Besucher ab. Er wischte über seine Jacke, als müsse er sie von dem Staub reinigen, den das Männchen aufgewirbelt hatte, und sagte dann: „Doktor Mapluster, ich weiß wirklich nicht, wovon Sie sprechen!“

Der Doktor wurde noch eine Spur röter im Gesicht und tobte: „ICH habe die Idee gehabt, in Afrika nach Saurierskeletten zu graben. ICH! ICH! ICH!“

Onkel Titus blickte ihn mitleidig an und meinte nur: „Diese Idee haben viele gehabt. ICH habe sie in die Tat umgesetzt und am richtigen Ort gesucht. Das war mein Glück. Ich kann nichts dafür, dass Sie neidisch sind!“

Die Knickerbocker-Bande hatte genug gehört. Axel gab den anderen ein Zeichen wieder hinauszugehen. „Onkel Titus muss nicht bemerken, dass wir gelauscht haben“, flüsterte er.

Als die vier Freunde ins Freie traten, sahen sie eine rundliche Gestalt, die durch das Gartentor huschte. Sie sprang in den Wagen von Doktor Mapluster. Kurze Zeit später kam auch der Doktor wieder aus dem Haus gerannt und verschwand in seinem Auto. Er ließ den Motor aufheulen und raste davon.

„Der Saurierknochen!“, stieß Poppi plötzlich hervor. Er war verschwunden. Der Liegestuhl war leer.

Axel blieb nichts anderes übrig, als zu Onkel Titus zu gehen und ihm alles zu berichten.

„Dieser Doktor Mapluster ist nicht allein gekommen. Vielleicht hat sein Begleiter den Knochen genommen“, vermutete Poppi.

Onkel Titus überlegte kurz und griff dann zum Telefonbuch. Er suchte eine Nummer heraus und wählte.

„Guten Tag, hier Titus Mahler!“

Gleich darauf hielt der Forscher den Hörer weit von sich. Am anderen Ende der Leitung kreischte und fluchte eine hohe Stimme. Als sie sich ein wenig beruhigt hatte, sprach der Onkel weiter: „Ihr Assistent scheint aus Versehen etwas mitgenommen zu haben, das mir gehört!“

Wieder brüllte und tobte jemand am anderen Apparat. Onkel Titus hörte sich alles geduldig an und legte nach einer Weile wieder auf.

„Der Beifahrer von Mapluster war niemand anderer als seine Frau. Sie behauptet, sie hätte nur ein wenig lauschen wollen. Den Knochen habe sie gar nicht gesehen. Aber sie will deinen Hund beobachtet haben, Poppi. Der Köter hat angeblich gegraben. Im Misthaufen … neben dem Haus am Zaun. Hat er dort vielleicht meinen Saurierknochen eingebuddelt?“

Onkel Titus blickte das Mädchen streng an.

Poppi schluckte ein paarmal verlegen, trat von einem

Bein auf das andere und murmelte: „Na ja, möglich ist es schon … aber Puffi ist kein Köter!“

„Ist er doch!“, schimpfte der Forscher aufgebracht.

„Halt! Stopp!“, mischte sich Lilo ein. „Ich glaube, ich weiß, wer den Knochen hat!“

KRIMI-FRAGE:

Wer hat den Knochen?

DER SCHIMPANSEN-SCHMUGGLER

„Hotel Viktoria, guten Tag!“, meldete sich die Telefonistin. „Was wollen Sie wissen? Ob das Nachttopf-Museum und die Zündholzschachtel-Sammlung heute geöffnet haben? Da sind Sie bei mir falsch. Aber ich kann es Ihnen trotzdem sagen: Das Nachttopf-Museum ist wegen Renovierung noch bis nächste Woche geschlossen. Die Zündholzschachtel-Sammlung können Sie besuchen … Ja, in Ordnung … Wiederhören!“ Und schon leuchtete wieder eine Lampe auf dem großen Schaltbrett auf. „Hotel Viktoria, guten Tag … Einen Augenblick, bitte!“ Blitzschnell stöpselte Frau Klicker die beiden Enden eines Kabels in zwei der zahlreichen Stecker auf dem Schaltpult. Sie legte einen Hebel um und drehte sich dann zu den Kindern.

Axel, Lieselotte, Dominik und Poppi staunten. Dominiks Onkel war der Direktor des Hotels Viktoria und hatte der Knickerbocker-Bande erlaubt, die Telefonzentrale zu besichtigen.

„Alles noch ziemlich altmodisch bei uns, aber im Sommer bekommen wir eine hypermoderne Anlage!“, erzählte die Telefonistin. „Übrigens: Ich hätte eine Bitte an euch. Könntet ihr mich für drei Minuten vertreten. Ich muss schnell einmal wohin. Wenn es schnarrt, einfach den roten Hebel umlegen und sprechen. Vertröstet den Anrufer ein paar Minuten."

Die Knickerbocker-Bande erfüllte die Bitte gerne. Dominik setzte sich auf den Drehsessel und begutachtete die vielen Schalter und Stecker. Er nahm die Kopfhörer und aus purer Neugier drückte er einen der Hebel nieder. Erschrocken bemerkte er, dass er nun ein Gespräch mitanhörte. Der Junge hielt die Luft an.

„... musst unbedingt morgen mit den Tieren über die Grenze. Wie viele sind es diesmal?", fragte eine tiefe Männerstimme. „Zehn!", krächzte jemand am anderen Ende der Leitung. „Gut, dann überleben mindestens zwei bis drei. Ich übernehme die Schimpansen auf dem Autobahnrastplatz nach Kilometer hundertzwölf. Bis morgen." Ein Klicken verriet Dominik, dass das Gespräch beendet war.

Aufgeregt berichtete er seinen Freunden, was er gehört hatte.

„Das muss der Schimpansen-Schmuggler sein, über den so viel in der Zeitung steht", rief Poppi. „Er verkauft die Tiere an Firmen, die dann Versuche mit den Affen machen! Meistens werden für die Experimente nur Schimpansenbabys gesucht, und um an sie heranzukommen, erschießen die Tierfänger die Affenmütter. Es ist so grausam und schrecklich!" Poppi hatte Tränen der Wut in den Augen.

„Leute, einer der Schmuggler befindet sich zweifellos in diesem Hotel!“, verkündete Axel.

„Und wir werden ihn ausfindig machen!“ Das stand für Lilo fest.

Frau Klicker kam zurück und Lilo gestand ihr, dass sie in ein Gespräch geraten waren. Zum Glück verstand die Telefonistin, worum es ging, und verzichtete nicht nur auf eine Strafpredigt, sondern war sogar bereit, den vier Freunden zu helfen. Sie warf einen nachdenklichen Blick auf das Schaltpult. „Das Telefonat kann eigentlich nur aus zwei Zimmern gekommen sein. Entweder aus Nummer zweihundertdreizehn oder aus Nummer zweihundertvierzehn!“

„Den Rest finden wir heraus!“, rief Axel und stürmte mit den anderen in den zweiten Stock. Die Knickerbocker-Bande klopfte zuerst an der Tür zu Zimmer 213. Es dauerte lange, bis ein unrasierter, verschlafener Mann in einem abgewetzten Morgenmantel öffnete.

„Was wollt ihr?“, knurrte er. „Ich dachte, ihr seid das Zimmermädchen und bringt mir mein Frühstück.“

„Frühstück?“, wunderte sich Dominik. „Es ist Mittag!“

„Wie lange ich schlafe, geht dich nichts an, Kleiner. Bin froh, dass ich überhaupt ein Auge zukriege. Du hast keine Ahnung, was es bedeutet, an Schlaflosigkeit zu leiden. Warum habt ihr mich eigentlich geweckt? Ich hoffe, ihr habt einen guten Grund!“

„Wir vermuten einen Tierschmuggler im Hotel!“, verriet Axel dem verschlafenen Herrn. Im nächsten Moment ärgerte er sich, weil er zu viel gesagt hatte. Den Mann schien das alles nicht zu interessieren. „Kinderkram. Spielt woanders!“, brummte er böse und schlug die Tür zu.

Als die Knickerbocker-Bande bei Zimmer 214 anklopfen wollte, stürzte gerade ein Mann in einem dicken Pullover heraus.

Erstaunt musterte er die vier Kinder. „Darf ich wissen, was ihr hier sucht?“

„Wir wollten Sie nur etwas fragen. Haben Sie vorhin telefoniert?“, erkundigte sich Lilo.

Der Mann überlegte kurz und nickte.

„Ich habe mit meiner Zuckermaus ein wenig geplaudert. Aber woher wisst ihr das?“ Misstrauisch und streng musterte er die vier Knickerbocker. Er wartete die Antwort jedoch gar nicht ab, sondern warf plötzlich einen hastigen Blick auf seine Uhr. „Um Himmels willen, ich komme zu spät ins Nachttopf-Museum! Dort war ich gestern schon, weil ich gerade ein Buch über Nachttöpfe schreibe. Wir sprechen uns noch!“, rief er und rannte davon.

In Lilos Kopf rotierten die Krimi-Grübelzellen.

„Ja“, sagte sie schließlich bestimmt, „ich habe jetzt einen Verdacht. Ich glaube, ich weiß, wer der Schimpansen-Schmuggler ist.“

Übrigens: Lilos Verdacht bestätigte sich. Der Mann wurde verhaftet und verurteilt. Die kleinen Affen, die er am nächsten Tag übernehmen sollte, wurden gefunden. Sie haben in Tiergärten ein neues Zuhause gefunden.

Krimi-Frage:

Wer ist der Tierschmuggler?
Der Mann aus Zimmer 213
oder der aus Zimmer 214?

LÖSUNGEN

Dicke Luft bei den Orgelpfeifen
Michis Bruder Klaus war es. Nur er musste den Sitz nach vorne schieben, weil er kleiner ist!

Schmuggelt Sandy?
Die Matrioschka-Puppen klapperten nicht. In ihrem Inneren steckten nicht die anderen Puppen, sondern Schmuggelgut.

Anton, der Angeber
Um 600 000 Münzen zu zählen brauchst du mindestens fünf Tage und fünf Nächte.

Bernhardiner mit Führerschein
Es handelt sich um ein Auto aus England! Der Hund saß auf dem Beifahrersitz, der sich in einem englischen Auto auf unserer Fahrerseite befindet.

Ein Fußball wird entführt
Blaubeeren machen blaue Zähne. Trixi hatte weiße!

Tennisterror
Er hat die Brille nicht vor zwei Wochen verloren. Dann wäre sie schmutziger gewesen.

Heiße Klamotten
Wären tatsächlich Jacken und Hosen in der Halle gewesen, müssten auch Knöpfe und Reißverschlüsse in der Asche sein.

Gefangen in der Wassergruft
Sie haben das Schlauchboot aufgeblasen und sind vom Wasser zur Deckenöffnung getragen worden.

Der Schock im Supermarkt
Robert. Wer nimmt an einem strahlend schönen Tag einen Regenschirm mit? Darin wollte er die gestohlenen Sachen hinausschmuggeln.

Das Kanal-Krokodil
Es war der angebliche Kanalräumer. Er hat den Überfall nur vorgetäuscht. Das Geld hatte er unter den Overall gestopft. Darum der dicke Körper.

Katastrophe beim Rockkonzert
Paul Gamma. Er wusste den Namen des Mittels.

Kummerfalten auf der Dackelstirn
Plempi wurde doch der vorletzte Zahn gezogen. Wie kann er da eine Holzpuppe zerkauen?

Telefonterror
Susi. Sie wusste, dass die Zickenzahn dreimal pro Nacht angerufen wurde.

Der Saurierknochen
Die Frau von Doktor Mapluster. Puffi war doch am Gitter des Kellerfensters angebunden.

Der Schimpansenschmuggler
Der Herr von Zimmer 214. Die Nachttopfsammlung ist geschlossen.